KB061585

순애보

의 마음

넓고 붉은 숲이라는 중의적 의미를 닮고 있는 <홍림>은, 세상을 향해 그리스도인들이 추구해야할 사유와 그리스도교적 행동양식의 바람직한 길을 모색하고자 노력하고 있습니다. 폭넓은(洪) 독자층(林)을 향해 열린 시각으로 이 시대 그리스도인의 역할 고민을 감당하며, 하늘의 소망을 품고 사는 은혜 받은 '붉은 무리'(洪林:홍림)로서의 숲을 조성하는데 <홍림>이 독자 여러분과 함께하고자 합니다.

순애보

지은이 | 조정칠

1판 1쇄 인쇄 2016년 11월 05일

1판 1쇄 발행 2016년 11월 15일

펴낸곳 | 홍 림

펴낸이 | 김은주

등록 _ 제 312-2007-000044호17

주소 _ 서울특별시 서대문구 거북골로14길 60

전자우편 _ hongrimpub@gmail.com

전화 _ 070-4063-2617

팩스 _ 070-7569-2617

블로그 _ http://blog.naver.com/hongrimpub

트위터 _ http://mobile.twitter.com/@hongrimpub

값은 표지에 있습니다.

ISBN 978-89-6934-010-8 (03810)

순애보

恋経堂 조정칠 지음

◎표지 사진(루즈벨트 파크에서 저자와 저자의 아내)_전중호
◎표지 제목_조정칠
◎본문 삽화_서다인
◎127쪽 본문 그림_조정칠
◎141쪽 본문 그림_문혜림

헌 사

삼가 어머님께 이 글을 올립니다.

어머니께서 이 자식에게 직접

배필로 연을 맺어주신 덕분에

이런 순애보까지 쓰고 있답니다.

어머니께서 그 규수를 보시던 날,

첫눈에 “됐다!”고 하시던 그 혜안을 생각하며

깊은 존경심으로 55년을 살고 있습니다.

그녀는 어머니의 그런 선택을

착실하게 보답하고 있는 며느리랍니다.

어머니께서 즐겨 부르시던 <아가>를 위해

순애보를 쓰기에 앞서 어머니께 헌사부터 올립니다.

여기에 어머니 사랑까지 함께 담았습니다.

서 시

당신은 조가집 설주
아들과 며느리는 당신 꿈
딸과 사위들은 당신 보배

당신은 우리의 천사
우리는 당신의 날개

당신은 우리 거울
우리는 당신 마음

사랑해요 여보오
좋았어요 정마알
고마워요 당시인

2016년 1월 6일
恋経堂 조정칠

독자들에게

사랑하는 독자들에게 드리고 싶은 말이 있다.

내가 집필한 27번째 책을 『순애보』로 정했다.

『어머니 목회학』, 『어머니 기도학』으로 시작하여

여성에 관한 글을 여러 권 썼다.

그 여성의 대열에 아내를 배제할 수가 없어서

순애보를 쓴다고 생각해도 된다.

그 보다는 <어머니 시리즈>에 어머니께서

끼워 달라시는 것 같아서 쓰는 이유가 더 크다.

그 보다 더 큰 이유는 독자들의 요청 때문이다.

기왕 자기 엄마와 아내 이야기를 하는 김에

모든 어머니와 아내들도 함께 생각하고

써 달라는 소리가 들렸다.

비록 환청이라도 나는 신념을 가지고

모든 어머니와 모든 어부인들을 위해서 이 글을 썼다.

그것을 독자들이 알아줬으면 고맙겠다.

저자 드림

서 론

나는 '설옥자' 당신 이름만 듣고 내 마음을 정했었다. 당신은 아마 내 친구 '거시기'의 말을 믿고 나를 따른 것 같다. 그로부터 우리는 아주 순조롭게 부부가 되었다. 그 사연을 추억하며 결혼 55주년을 기념하는 순애보를 당신에게 띄운다.

내 친구 '거시기'가 내 등짝을 툭 치던 때, 그 둔탁한 소리는 내 가슴을 울려준 큰 암시였다. 그 힘이 우정의

무게같이 듬직하였다. 그가 날더러 “너 장가갔냐?”라고 물었을 때 나는 고개를 저었다. 그러자 곧장 들이댄 규수의 이름에 나는 꼼짝 못하고 말았다.

단번에 뇌 속으로 파고 든 ‘설옥자’ 세 글자가 내 가슴의 빗장을 앗아가 버렸다. 내 친구 ‘거시기’의 설득력 있는 평안도 사투리가 나를 통째로 덮쳤다. 스물 여섯의 나이라면 한번 쯤 튕겨볼 만하건만 나는 그럴 수가 없었다. ‘거시기’가 그럴 기회조차 잘라 버렸다.

그의 억센 입김이 폭풍같이 내 작은 쪽배를 침몰시켰다. 나는 그 순간 어여쁜 이름 세 글자 앞에 순순히 백기를 들고 투항한 꼴이 되었다. 그 때나 지금이나 당신의 이름 설옥자가 갖는 위력은 대단하다. ‘설’이라는 그 음감이 매력과는 다른 박력으로 나를 타격했다. 결과적으로 ‘거시기’의 역할로 내게는 설레는 감동이 되었고, 어여쁜 옥자는 내 구슬같은 보배가 되어 주었다.

나는 그 때 규수를 선보러 갈 생각을 내려놓고 싶었

다. 그 이름만으로도 충분히 좋았다. ‘설’이라는 발음이 백설 공주를 연상시켰다. 그런가 하면 ‘옥자’라는 이름은 흰 눈 위에 영롱한 구슬이 굴러가는 환상으로 눈앞에 어른거렸다. 눈부신 한 폭의 설경에 내가 완전히 파묻히는 순간이었다.

나는 집에 돌아와서 어머니께 아뢰었다. 그리고 다음 날 어머니는 그 규수 집에 가서 나 대신 선을 보고 왔다. 어머니는 이미 마음을 빼앗겨 돌아왔다.

날더러 그리로 장가를 가야 될 거라고 했다. 어머니 마음에 들었으니 나는 할 말이 없었다. 나는 이미 그 이름과 결연한 거나 다름이 없었다. 나는 어머니 결정을 전적으로 신뢰했기 때문에 거부할 수가 없었다. 어머니의 추진력은 아무도 말리지 못했다. 그 다음은 급행 열차였다.

우선 내가 그 집으로 가서 나를 보여 주어야 했다. 며칠 후에 어머니는 ‘거시기’를 앞세우고 그 집에 가서

나를 보여 주었다. 동시에 나도 그 규수를 한번 볼 수 있는 기회를 얻었다. 어머니는 그날의 자리를 양가 어른들과의 상견례처럼 끌고 갔다. 그리고 거기서 결혼 날을 잡았다.

그 '설옥자'와 나는 데이트를 할 겨를도 없었다. 결혼하면 평생 데이트인 것을 불편하게 신부에게 폐를 끼치지 말라고 어머니가 못을 박았다.

편지도, 대화도 하려고 마음먹지 않았다. 결혼하면 저절로 되는 것인데, 주변 사람들의 눈치를 살피는 일은 규수에게 삼가라는 것이었다.

어느새 우리는 결혼 55주년을 맞는다. 내 나이도 80이 지났다. 이때쯤이면 순애보 한 편을 쓴들 무슨 흠이 되랴 싶어 만용을 부렸다.

내가 이런 글을 쓰는 것을 당신이 알면, 절대로 가만있지 않을 것이다. 내가 잘난 척한다고 구박을 할 것이다. 그래서 나는 딸들을 앞세워 방어망을 구축했다. 혹시 사전에 예고를 하는 것이 어떨까 생각도 해 봤으나 어림도 없을 것 같았다. 결국 몰래 쓰고 나서, 화를 당해도 그때 가서라면 어쩌랴 싶다.

마침 내 딸들은 좋게 생각했다. 아들과 며느리는 내가 하는 일을 무조건 지지할 효자 효부다. 아무리 겁을 줘도 나는 당신을 감동시킬 예쁜 책을 만들 것이다. 그리고 당신을 놀라게 하고 싶다.

차 례

나의 어린 시절 집에는 벽시계가 걸려 있었다. 조금 뒤에는 탁상시계가 책상에 놓였다. 조금 더 커서는 손목시계를 차고 다녔다. 그러더니 시계가 거리마다 서 있었다. 시계 없는 건물이 없고, 시계 없는 광장도 없다. 학교 다니는 아이도, 공원에서 산책하는 노인도 시계는 있다. 나에게 당신은 그렇듯 시계 같이 없으면 안 되는 존재다.

당신 없이는 밥을 먹을 수도 없고, 잠을 잘 수가 없다. 당신 없는 시간은 아무 낙이 없다. 좋을 때는 당신이 있어야 행복하고, 아플 때와 울적할 때도 당신이 있어야 평온을 찾는다. 당신 없는 나는 하찮은 보따리나 다름없지 않을까 싶다. 당신은 나를 나보다 더 잘 알고 있다.

인간은 시계와 더불어 살고 시간에 기대어 연명한다. 시계가 없으면 적적하고, 불안하고, 불편하다. 당신은 내 곁에 항상 함께 있는 그런 시계다. 단지 일 년 동안 당신 없이 혼자서 미국에서 산 적이 있었다. 그러나 그 때도 당신은 아들과 두 딸을 지키고 살았다. 그러니 당신은 나와 떨어진 것이 아니다. 그 시간 나는 당신을 미국에 데려 오려고 열심히 뛰어 다녔다. 한 시간이라도 단축시켜 보려고 수속하는 데 매달렸다. 그리고 생각보다 빠르게 그 목적을 달성했다.

나는 미국에 입국한 지 두 달 만에 영주권을 받았다. 그 길로 당신을 미국에 올 수 있도록 초청했다. 일

년 후에 당신은 아이들과 함께 미국에 들어왔다. 그 후로는 당신이 내 곁에서 떠나 산 적이 없다. 그렇게 살아 보려고 노력하여 이루었다고 자랑하고 싶지는 않다. 그 당시 나는 무력했던 시기였다. 내가 해낸 것이 아니라 그렇게 이끌어준 다른 손이 있었던 것이다.

언제나 우리의 선택은 이미 정해진 섭리대로 가고 있다는 것을 깨달았다. 나 때문에 된 것이 아니라 당신을 위해 준비된 축복이었다. 당신과 결혼할 그 때부터 우리는 미국에서 살도록 그림이 그려진 운명이었다. 당신은 우리 집으로 시집온 것이 아니다. 결혼과 동시에 교회로 들어와서 신접살림을 차렸다.

한 가문에 들어온 며느리가 아니라, 교회의 며느리가 된 것이다. 거기가 당신에게 썩 잘 어울리는 곳이었다. 그 길로 25년을 살고 나서 미국으로 들어왔다. 거기서도 당신은 교회가 제공하는 집에서 살았다. 역시 교회 며느리였다. 교회의 주인이신 분이 아름다운 땅에 며느리를 데려다 놓은 큰 뜻이 계셨던 것이다.

그 곳에 내가 먼저 보내어져서 당신의 안내자가 된 것을 미국에 살면서 깨달았다. 당신의 결혼 후 첫 출발은 산 높고 물 맑은 시골 교회였다. 당신은 그 곳을 시댁처럼 사랑하고 정성껏 받들었다. 그러니 위에 계신 아버지께서 상급으로 미국에 데려다 주신 것 같다.

당신이 낳은 첫 아기 우리 아들은 당신 손에 있을 틈이 없었다. 온 교회 처녀들이 아기를 서로 차지하려고 경쟁을 했다. 먼저 아기를 업고 가면 교대로 업고 다니면서 키운 아들이다. 당신은 그런 시집살이를 행복하게 보냈다. 거기서 농민들을 위해 탁아소를 만들어서 농번기에 동네 아이들을 다 돌봐 주기도 했다.

아이들이 자기 집보다 교회와 당신을 더 좋아한 것도 동민들이 알고 있다. 우리가 그곳을 떠나오려고 할 때 동민들이 길을 막으며 가지 말라고 붙들었던 온정을 우리는 잊지 못한다. 그날이나 지금이나 당신은 내 곁에서 살고 있으니 시계처럼 생각하는 것이 얼마나 적합한 표현인가.

서로가 필요하기 때문에 함께 있는 것은 한시적인 것이다. 그런 생활은 부담이 될 수도 있을 것이다. 나는 당신이 필요해서 함께 산 적이 없다. 함께 있지 않으면 삶의 의미가 없다. 그리고 삶의 멋이 없고 삶은 지겨울 것이다. 우리가 함께 한 것은 필요가 아니라 사랑이었다. 의무가 아니라 책임이며 사명이었다.

당신은 나의 파트너가 아니라 나의 분신이다. 당신과 나는 무조건 함께 있는 것이다. 그것이 삶의 가치이며 우리의 본분이다. 같은 집, 같은 공간에서 함께 살고, 언제나 함께 다니고, 시계처럼 깨어 있는 것이다. 그래서 당신과 나는, 하든 말든, 되던 않던, 선택의 여지가 없는, 시계 같은 것이 정답이다.

함께 산다고 다 나처럼 자기 아내를 시계라고 말하지는 않을 것 같다. 시계와 사람도 관계가 나쁘면 얼마든지 삐걱거린다. 생각하기에 따라서는 고마운 시계가 아니라 알미운 시계가 될 수도 있다. 시계가 사람을 맞추어 주는 법은 없다. 사람이 시계에 맞추어서 사는 것

이 정상이다.

시계는 사람의 투정을 받아 주지 않는다. 시간제로 일당을 버는 일꾼과 시간제로 임금을 지불하는 업주는 시간 개념이 극과 극으로 엇갈린다. 그런 차이를 시계 탓으로 돌리는 사람은 불행하다. 그것은 생각이 잘못되었기 때문이다. 시간은 조금도 인간을 괴롭게 하지 않는다. 내가 순애보를 시계에 맞춘 것은 뜻이 있다. 나로서는 어려운 결심이었다.

인간은 생각이 있다. 생각이 인간이라 해도 되는 말이다. 생각만 바르게 하면 거기가 천국이 될 수도 있다. 생각은 자기 것이다. 그러나 자기가 자기 생각을 자기 마음대로 관리하기 어렵다. 그것이 인간의 한계라는 것이다. 그런 생각을 깨워 주고 싶다. 이 세상은 고달픈 삶의 구덩이가 아니라고 강조하고 호소하는 것이다.

세상을 지옥으로 보는 사람이 있는가 하면 천국으로 보는 사람도 있다. 아주 틀린 생각은 아니다. 그렇다고 옳은 판단도 아니다. 그렇게 세상을 험악하게 보는 사람은 생각에 손상이 생겼을 가능성이 크다. 그래서 내가 순애보라는 한 가지 처방을 소개하고 있는 것이다. 내가 "당신"이라고 부르는 그 여성은 생각에 고장이 나기 어려운, 우량한 시계라는 것이다. 그것을 나처럼 발견해 보라는 뜻으로 이 글을 쓴다.

내가 당신에게 이렇게 보답하는 것을 보고 생각을 고치려는 사람이 한 명이라도 생긴다면 나는 할 일을 한 것이다. 당신은 생각을 잘 한 것이 아니다. 생각하는 우수한 기능을 타고 난 명품 시계 같다는 말이다. 내가 한평생 지켜본 당신은 그 말이 적합하다. 누가 자기 생각을 잘못하고 싶겠는지 생각해 보면 안다. 생각이 잘 나지 않고 생각이 마음대로 되지 않아서 죽을 지경인 것이 인간의 실상이다.

시계는 주인이 생각하기에 따라서 달라진다. 때로는 요긴할 수도 있고 가끔은 귀찮을 수도 있다. 시계가 사람을 짜증나게 할 때도 얼마든지 있다. 어떤 면에서

시계는 가장 융통성 없는 물건이다. 자기 주인까지도 봐주는 법이 없다. 그처럼 갑갑하고 무정한 놈이기도 하다.

시계같이 요지부동한 인간은 사람을 질리게 만드는 흉기나 다름없다. 그런 위험한 물건은 필요악으로 취급해도 할 말이 없다. 그런데 세상에 시계를 그렇게 혹평하는 나라가 없다. 그런 발상은 생각이 뒤틀린 데서 유발된다. 순진한 눈으로 보면 시계는 그런 악의가 전혀 없는 선량하고 성실한 하인에 불과하다.

시계를 사랑하고 시계에 잘 맞추어 살기만 한다면 인간은 실패가 생길 수 없을 것이다. 나는 모든 남성이 여성을 시계처럼 다루고 시계처럼 맞춘다면 결코 후회하지 않을 것이라고 확신한다. 조물주께서 그렇게 여성을 창조하셨다. 그 때문에 그런 원칙은 살아 있는 것이다. 원칙은 따르기만 하면 보답은 돌아오게 된다.

시계는 종류가 많다. 시계는 급수도 층층만층이다.

좋은 시계는 고장이 나지 않는다. 좋은 시계라도 관리를 소홀히 하면 제 기능을 유지하지 못한다. 당신은 나에게 최고의 시계다. 나의 관리 때문이 아니라 제품 자체가 달라서 명품 덕을 보는 것은 내 복이다. 당신은 나의 크고 작은 문제를 다 관통하는 명사수다.

언젠가 한번 내 피부에 이상이 생겨 미국에서 이름난 피부과를 두루 다닌 적이 있었다. 하지만 아무리 치료를 해도 효력이 없었다. 크게 고민을 하고 있을 때 당신은 나서서 아주 간단하게 고쳐 주었다. 겨우 기초적인 처치방법으로 비싼 약품도 아닌 저렴한 소독제로 치료하여 깨끗이 고친 해결사 노릇을 했다.

목회를 하던 중에도 사소한 일이나 난처한 일이 있을 때, 말없이 조용하게 숨은 해결사로 내 목회를 도왔다. 이웃이나 교우들과 가문의 일까지 갈등은 녹여주고 긴장은 풀어주는 기지를 발휘하여 평화의 사절 역할을 유감없이 발휘했다. 그런 저력으로 내조하여 내가 내 자리를 지키게 했다. 그런 덕을 나는 지금까지 누리고 있다.

내가 한번 난처한 궁지에 몰린 적이 있었다. 우리 집 앞 골목길에서 주차를 하려는데 손수레를 끌고 지나가던 할머니와 조금 스친 사고가 있었다. 자동차가 달리던 중에 일어난 교통사고가 아니었다. 할머니의 수레 손잡이가 내 차를 비키려다가 조금 걸려서 일어난 사고였다. 할머니가 풀썩 주저앉았다가 일어났다.

할머니는 그 자리에서 일어났다. 다시 수레를 끌고 지나갔다. 혹시나 해서 뒤를 따라가서 괜찮으냐고 물어 봤다. 보다시피 멀쩡하지 않느냐고 태연하게 말하면서 보란 듯이 곧장 집으로 가는 할머니를 확인한 후 나는 돌아왔다. 그런데 그날 저녁에 그 할머니를 앞세우고 아들 딸 사위가 몰려왔다.

그들은 나를 뺑소니범으로 몰아세우면서 고발을 하겠다며 협박했다. 돈을 뜯어내려는 수법이 훤하게 들여다보였다. 합의금으로 2백만 원을 내놓으라며 위협했다. 아무도 본 사람이 없다는 약점을 잡고 소란을 피우면서 행패를 부렸다. 주변 사람들을 선동하여 동정을 얻으려고 큰 소리로 이웃 사람들에게까지 들리게 작전을 폈다.

그 때 당신이 나를 서재에 가 있으라고 했다. 당신이 알아서 하겠다고 나대신 총대를 멘 것이다. 당신은 돈 20만원을 들고 그들 앞에 섰다. 조용한 목소리로 할머니가 잠시 놀랐을 가능성은 있으나 가족들의 말은 전혀 근거 없는 공갈 협박이라고 말했다. 20만원은 할머니 보약 값이니 가지고 가라고 타일렀다.

그러고는 시간을 끌면 경찰을 불러야 되니 알아서 하라고 말하고 나왔다. 신기하게도 그렇게 소란을 피우던 사람들이 금방 조용해졌다. 당신은 20만원이 싫으면 놔두고 고소해 보라고 했다. 당신의 당당한 그 말에 자기들의 치부가 들킨 것을 알고 기가 죽은 모양이었다. 나는 운전 사고를 내지 않았다. 당신이 그 정도로 했으면 잘 한 것 같았다.

사람에게 불안하고 초조한 일이 닥치면 자기도 모르게 시계를 들여다본다. 얼른 사태가 지나가기를 바라는 심리는 누구나 같을 것 같다. 나는 당신을 시계처럼 들여다보고 살아온 것 같다. 내가 그렇게 소심한 것을 당신이 번번이 감당해 주었다.

한번은 밤이 깊었는데 대문 쪽에서 이상한 소리가 났다. 도둑이 아닐까 생각했으나 나가서 확인할 용기가 나지 않았다. 그러면 안 되는 데도 나는 자고 있는 당신을 깨웠다. 아내가 무슨 일이냐고 묻기에 대문 쪽에서 무슨 소리가 난 것 같다고 했다. 그랬더니 당신은 외등을 켜들고 큰 소리로 누구냐고 소리쳤다. 그럴 때도 혼자서 둘러보는 당신의 용기가 고마웠다.

내가 나가서 대문을 단속하는 것이 당연하다. 그런 걸 몰라서 못하는 것이 아니다. 당신은 나처럼 겁쟁이가 아니다. 당신은 아무 말도 하지 않았으나 겁 많은 남자를 동정해 주는, 마음이 넓은 사람이다. 그런 당신이 곁에 있는 것이 한없이 고맙다.

당신은 뺑소니 운운하며 집에 쳐들어온 그들과 다투지 않았다. 나를 범인으로 몰아세우는 그들에게 죄인처럼 빌지도 않았다. 2백만원 달라는데 10분의 1을 내놓으면서 흥정이나 타협을 하려고도 하지 않았다. 시계처럼 정당하게 할 말을 하면서 그들을 사람으로 대우해 주었다.

시계는 고무줄처럼 늘이고 줄이고 하지 않는다. 당신은 일평생 늘이고 줄이고 적당한 선에서 누이 좋고 매부 좋은 그런 알량한 방식으로 일을 처리하지 않는다. 별로 어렵게 끌고 가지도 않고 쉬운 쪽으로 유도해 간다. 그러니 확실히 다른 것이 있다. 그것은 후환이 생기지 않는다는 것이다. 나는 그 점이 늘 감동스럽다.

시계는 탈 내지 않고 신나지도 않는 무덤덤한 것이다. 그런 것이 아무도 흉내 내지 못하는 큰 매력이다. 시계는 애교를 부리지 않는다. 그런 점은 여성과 닮지 않았다. 그렇다고 시계가 느리고 아둔한 것은 결코 아니다. 내가 당신을 내 시계라고 한 이유가 거기에 있다.

쉽게 자기감정을 노출하지 않아서 손해도 본다.

시계는 흥분도 않고 짜증도 낼 줄 모른다. 그렇다고 좀처럼 우울해 하지도 않는다. 일정한 속도로 회전을 해도 계속 전진하는 속성은 변함없다. 생각을 잘못하면 시계처럼 무미건조한 것도 없다. 늘 같은 속도에 같은 궤도를 반복하여 돌고 있으니 지겹다고 생각할 수도 있다.

그런 생각으로 시계를 안다고 하면 큰 오산이다. 시계는 자신이 태어난 이래로 한 번도 제자리만 돈 적이 없다. 일 초라도 지난 시간은 영원히 되돌려 놓지 못한다. 한번 맺은 아내도 언제나 동일한 것 같지만 오늘 보는 아내는 어제 아내와 다른 시점의 아내라는 것도 나는 안다.

같은 사람이 같은 공간에 있다 해도 시계는 다르게 본다. 나의 경우는 55년 동안 늘 곁에 있었고, 그것은 반복된 회전이 아니라 진보적으로 엄청나게 먼 길을 동행한 것이다. 그렇게 공을 들인 업적으로 봐야 한다. 그런 의미에서 당신은 나에게 대견한 것이다.

다른 사람의 이목을 의식하면서 살아가는 세상이다. 그런 눈치를 보고 사는 것이 나쁜 것은 아니다. 누가 나를 봐 준다는 것은 고마운 일이다. 내가 떳떳하다면 오히려 사는 맛이 될지도 모른다. 그러나 내가 순애보를 쓰는 것은 다른 사람의 이목 때문이 아니다. 적당한 체면치례로 장식하는 것은 더욱 아니다.

나는 평소에도 피곤한 신경 소모를 삼가는 편이다. 나의 삶은 평범한 보통 사람과 아무 것도 다를 것이 없다. 단지 당신이라는 세상에, 다시없는 그 한 여성에게만은 특별하고 싶다. 그것만은 속일 수 없는 나의 진심이다. 내가 빚진 것이 있다면 당신뿐이며, 당신에게만은 엄청난 빚이 있다. 평생 갚아도 다 청산이 되지 않는 그 부피와 무게를 당신은 알 지 모르겠다.

부부란 자연법칙에 준하는 관계라고 생각한다. 그

런 뜻으로 부부는 자연스럽게 살면 된다. 나의 아내로 55년을 편하게 살아 준 당신이다. 모든 것이 자연스럽다. 깐깐하게 부담을 주는 일은 할 줄 모른다. 격식을 따지지 않고 대충 사는 것이 내게는 자연스러운 습관이다.

심지어 당신이 여성 전용인 의상실에 갈 때도 나를 대동한 것은 특이하다. 의상을 맞출 때면 꼭 입회를 시킨다. 내가 좋다고 할 때만 결정을 한다. 어쩌면 나는 당신의 결정을 책임지는 비서인지 모른다.

한번은 원피스를 계절에 맞추어 입겠다고 고르고 있었다. 의상실 디자이너가 색상과 옷감을 골라 주었다. 천을 고객의 몸에 갖다 대고 맵시를 살피며 취향을 묻고 있었다. 당신도 괜찮다고 했다. 그런 다음 나에게 최종 결재를 의뢰했다. 나는 디자이너에게 조금 다른 의견을 제시했다. 그 옷감은 꽃문양이 특색이 있었다. 나는 옷감을 반대 방향으로 재단을 하면 좋겠다고 조언을 했다. 의상실 주인 마담이 내게 그 까닭을 물었다. 의상 전문가를 가르치듯 했으니 당연히 묻고 싶었을 것이다. 나는 내 생각대로 무늬가 큰 쪽을 위로 가게 했으니 아내의 얼굴이 크게 부각될까봐 그런다고 했다.

그랬더니 남자가 그런 것을 어떻게 아느냐고 했다. 그런다고 빈정대는 것은 아니었다. 혹시 내가 의상학 교수가 아니냐고 물어서 한바탕 웃었다. 나는 공연히 아는 체하고 싶었을 뿐이라고 실토했다. 그렇게 솔직하게 고백했는데도 의상실 직원들이 모두 그런 손님은 처음이라고 과찬을 해서 난감한 꼴이 된 적도 있다.

그렇게 함께 외출하고 어디나 가자는 데는 다 따라다녀도 싫어하지 않았다. 특히 공원에 가는 길에는 꼭 함께 하곤 한다. 서울에서는 집에서 가기 쉬운 용산 공원에 다녔다. 대전에서는 버드네 마을에서 유천 강변을 걸어 다녔었다. 미국에서는 공원이 많아서 여러 공원을 다니고 있다.

특별한 경우에 내가 못 나가면 외국 사람들이 왜 혼자냐고 당신에게 나의 안부를 물어 본다. 그렇게 자연스럽게 살아가는 부부가 우리들만은 아닐 것이다. 우리가 앞으로 얼마를 더 동행할지 모른다. 그런데 나는 당신을 의심하지 않는다. 내가 눈이 보이지 않을 때 절망한 나에게 당신은 걱정 말라고 했다. 당신의 눈은 완전하니 충분히 내 삶을 책임지겠다고 약속했다. 나는 그 순간에 뜨거운 당신의 사랑을 확인했다. 그날의 온정은 일생에 한 번 있었던 감동이다.

우리 부부는 옛날식으로 살아 왔다. 애정 표현은 전혀 모르고 살았다. 내가 미국에 처음 왔을 때 트레스디아스라는 수련회가 대유행했었다. 한국 사람은 그 당시에 남녀가 포옹을 하는 것을 곱게 봐주지 않았을 때다. 엄마가 아이를 포옹하는 경우 외에 어른이 그러면 별스럽게 보던 시대였다.

미국에서는 아주 자연스럽고 아름다운, 생활화된 예의였다. 더구나 교회에서는 하지 않는 것이 이상하게 여겨졌다. 처음에는 쑥스럽고 어색했다. 그러다가 차츰 손으로 악수하는 것이나 다름없게 되었다. 특히 여성에게는 악수보다 훨씬 좋은 예의같이 되었다. 그래서 나도 한국에 처음 돌아가는 날 공항에 마중 나올 당신과 포옹을 결심했다.

나는 그 때 당신과 공항에서 일 년만에 만나는 거였다 그러나 그날 포옹은 실패했다. 아이들이 먼저 몰려와서 당신이 뒤로 밀린 것이다. 역사적인 포옹은 무참히 깨어졌다. 나는 당신과 포옹도 할 줄 모르고 한 평생을 산 엉터리 남편이다. 그럼에도 당신은 나보다 훨씬 지혜롭다. 내가 실명의 늪에서 허덕일 때 당신은 진정어린 포옹으로 나를 위로하며 세상 끝 날까지 나를 책임지겠다고 약속하여 안심을 시켰다.

나는 그 한 번의 포옹만으로 나의 전 생애를 그 열기 속에 묻어 두고 싶다. 그것을 발표하는 형식으로 순애보라는 방식을 선택했다. 나는 그 추억 하나로 당신을 내 시계로 삼아 가슴 속에 간직했다.

당신은 단지 내 곁에 있기만 하는 존재가 아니다. 쉬지 않고 돌아가는 시계처럼 쉴 줄을 모른다. 쉬는 것을 죄악시하는 것 같다. 시간에 공백이 생기는 경우는 누구에게나 있다. 그럴 때 당신은 일을 만들거나 일거리를 찾는다. 일을 멈추면 죽었다고 취급하는 것은 시계뿐이다. 당신은 그 시계 같은, '시계 아줌마'로 태어난 것 같다.

시계는 정직하려고 노력하지 않는다. 정직하게 태어나서 정직하게 움직인다. 당신은 한 번도 정직에 의문을 야기한 적이 없다. 정직하려고 애쓸 필요가 없다. 정직하지 않으면 당신이 아니다. 사람은 누구나 돈에 관해서는 조금씩 정직성이 흔들린다. 누굴 속여서 이득을 보려는 것이 아니라도 그런 성향을 갖고 있다.

그러나 당신은 돈에 있어서 속일 줄 모른다. 우리 집 아이들에게 그것을 증명하라면 주저하지 않을 것이다. 당신은 그 아이들이 모두 초등학교에 다니던 때도 용돈을 직접 쥐어 주지 않았다. 어딘가에 놔두고 자기들 마음대로 가져다 쓸 수 있도록 자유를 주었다. 처음에는 부엌에 두는 것을 보았다.

기왕이면 아이들이 쉽게 집어갈 수 있게 부엌에 지정 장소를 정했다. 신발을 신은 그대로 출입이 가능한 곳이었다. 준비물을 빠뜨리고 가다가 돌아와서 가져갈 수 있는 최적의 장소로 배려했다. 자기가 필요한 만큼 가져다 쓰고 엄마에게 보고하는 방식이었다. 그 액수는 정확하여 틀리는 때가 없었다. 그것이 당신의 교육 방침이었다.

아이들은 스스로 정직하게 사는 법을 배워 가면서 자랐다. 가끔 남은 돈과 가져간 돈이 차질이 생길 때가 있었는데, 그런 경우는 가져간 아이가 미처 보고를 잊었을 때 생기는 일이었다. 그럴 때도 즉시 확인하지 않고 한동안 기다려 주고, 얼마 후에 자진 신고를 하게 했다. 고의가 아니라 깜박 잊었을 뿐이다.

한번은 돈 가져간 것은 확실한데 누가 가져다 썼는지 신고가 없었다. 하루가 지나도 아무도 말이 없었다. 이틀이 지나도 여전히 지나갔다. 좀 불안했으나 참고 있었다. 아이들이 까먹는 것도 자랄 때 생기는 현상일 수 있다. 나이가 들어가면서 깜빡하는 빈도에 차이가 생긴다. 그런데 벌써부터 그러면 걱정이다.

그러고 있을 때 신고가 들어왔다. 막내가 아침 식탁에서 생각이 난 모양이었다. 학교 준비물 챙기는 것을 잊고 있다가 갑자기 생각이 나서 급하게 허둥대며 돈을 꺼내간 날이 있었던 모양이다. 그래서 신고까지 잊어버렸다고 했다. 신고하는 막내의 얼굴이 빨개졌는데 그 모습이 더 예쁘게 보였다. 아무도 추궁하지 않았다. 그래도 아이들은 정직하게 자라 주었다.

아이들이 커서 중, 고, 대학생이 되었을 때는 미국

에서 살 때다. 그 때도 용돈을 부엌 쪽 카펫 아래 넣어 두고 아이들이 꺼내 가져가게 했다. 한국에 있을 때는 부엌문이 마당으로 나 있었다. 미국에서는 아파트에 살아서 부엌이 방과 방 사이에 있었다. 그래서 편리했다. 거기에도 돈은 숨겨 두지 않고 카펫을 들추면 보이도록 했다. 그 때 습관이 일생을 좌우한 것 같다.

지금도 숫자를 부풀리거나 줄이는 일은 하지 않는다. 정직하라고 가르치지 않고 정직하려고 노력하지도 않는다. 정직이란 잘 하려는 행위가 아니라 마음이다. 인간은 자연 속에 주인공이다. 자연스럽게 살아가는 첩경은 정직이다. 정직하게 보이는 것과 정직한 것은 다르다. 정직의 다른 표현은 진실이다.

그렇게 사는 것이 이상적이다. 정직하게 사는 것이 가장 쉽고 편하다. 나는 당신에 비하면 정직성이 한참 모자라는 편이다. 때로는 부끄러울 정도로 정직하지 못할 때가 있다. 어른들이 변명 삼아 써먹는 흰색 거짓말은 비겁하고 구차한 거짓말이다. 거짓말을 하얗다고 둘러대는 그것이 사실 어른들의 비리다.

어린 딸이 아빠에게 "나 예뻐?"라고 물을 때 정직한 말을 찾고 있다면 그 사람은 아버지 자격이 없다. 어른도, 남자도, 인간도 아니다. 아버지의 정직을 알고 싶어서 그런 질문을 하는 아이는 없다. 아이는 다만 아버지의 사랑을 받고 싶은 것이다. 그럴 때 아버지는 어떤 말을 얼마만큼 튀겨서 말해도, 하얀 거짓말이라고 둘러대지 않아도 상관없다.

내가 뉴욕에서 한국으로 다시 돌아가서 살았던 12년간 우리 부부는 아이들 없이 우리 내외만 살았다. 아이들은 미국에서 살았고 우리끼리만 단출하게 살았다. 매달 받는 봉급은 저축을 할 수 있는 여유가 있었다. 그 당시는 금리가 높아서 저축하기가 좋았다. 저축의 종류가 많아서 당신이 은행에 가는 날이 많았던 별난 시대였다.

주택은 교회가 제공해 줬다. 그리고 자녀 교육비까지도 교회가 부담했다. 주택 문제가 해결되면 생활 걱정은 절반이 줄어든다. 교육도 그때 두 아이는 대학을 마쳤을 때다. 막내 하나만 졸업반에 있었다. 나는 이전에 한국에서 목회할 때 자녀 교육비를 받은 적이 없었다. 내 봉급으로 내 자식 교육시키는 것을 당연시 했다. 차츰 교회도 많이 발전하여 옛날 같지 않았다.

그런데 그때 내가 시무하는 교회는 교회에서 예산이 책정되었다고 지급을 해 주었다. 우리는 두 번 교육비를 받아서 미국에 보냈다. 그것이 전부다. 70살에 정년 은퇴를 하면서 은행에 적립한 퇴직금은 한 푼도 챙기지 않았다. 퇴직금으로 저축한 것은 통장 채로 헌납했다. 평생 목회를 하여 잘 먹고 살았으면 교회는 내게 할 일을 다 했다.

그런 덕분에 평생 한 번도 빚을 진 적이 없었다. 그리고 은행 대출을 받은 일도 없다. 미국에서는 학생이 융자를 받아 공부하는 것이 나라의 제도다. 졸업하여 살아가면서 갚으면 된다. 평생 살고 빚이 없으니 잘 산 것이다. 퇴직 후에도 돈 문제를 생각해본 적이 없었다. 평소에 노후 대책을 조금씩 해 두면 노후에 굶을 일은 없다. 목사가 퇴직금 자랑하면 망신이다. 교회가 퇴직금 자랑하면 신성 모독이다.

은퇴한 지 12년차인 나에게 아직도 일을 맡겨 주는 일터가 있다. 이것은 나의 저력이 아니라, 정직한 당신과 욕심 부리지 않고 살아온 신뢰의 결과이다. 그리고 나 또한 퇴직금에 연연하지 않고 물러난 것도 한몫을 한 것 같다. 시계는 정직한 것이 아니라 정직 한 가지밖에 할 줄 아는 것이 없는 것이다.

많은 사람이 돈을 가지고 있으면서 돈이 없다고 말한다. 나도 그럴 때가 있다. 그런 것도 정직하지 않은 것임에는 틀림없다. 한때 잡상인들이 무차별 밀어닥치던 때가 있었다. 판매원은 각양각색이다. 눈물로 애원하는 동정파가 있는가 하면 공격적으로 협박하는 무례한 장사꾼도 있다. 품목도 천차만별이다. 그들에게

돈 없다는 말은 통하지 않는다. 가장 효과적인 거절 방법은 이미 샀다고 하는 거짓말이다. 산 것을 또 사라고 강요하기는 어렵기 때문이다.

그러나 그런 속임수도 정직성에는 낙제생이다. 그 중에 나도 들어간다. 당신은 나보다 더 정직하여 나를 많이 도와줬다. 그런 훌륭한 점을 인정한다. 아이들도 당신을 닮은 것 같아서 무척 다행스럽다. 만일 시계가 가기는 하되 시간이 맞지 않는다면 그 시계는 내다버려야 한다. 그런데 당신은 그렇게 비치된 시계가 아니라 살아서 움직이는 시간이다.

정직하지 못한 시계는 버리듯이 사람은 그렇게 버릴 수 없다. 만일 그렇게 버려야 한다면 내다버릴 장소가 모자랄 것이다. 마음을 놓아도 되는 당신의 정직한 시간이 나의 행복이 된다. 시계는 작은 고장이 생겨도 변덕을 부린다. 그러면 곧장 수리점에 맡긴다. 수리를 하여 쓰던가 그렇지 않으면 쓰레기가 된다. 사람도 정상을 잃고 변덕을 부리면 그런 시계 꼴이 된다. 그러나 당신은 정말 변덕을 부릴 줄 모른다. 시계는 고지식한 것이 생리이고 매력이다. 가끔 사람들은 융통성을 교양처럼 포장할 때가 있다. 융통성이 거짓의 지아비 같을 때가 있다. 차라리 융통성 없는 고지식한 사람이 훨씬 더 사람답고 진실하게 보일 수도 있다.

융통성을 폄하하려는 것이 아니다. 때로는 융통성이 지성인의 여유일 때가 있고, 지식인의 교양과 처세술로 통할 때도 있다. 반면 융통성을 핑계 삼아 교활하게 둔갑을 시켜 사람을 혼란스럽게 기만할 수도 있다.

시계는 옛날 것이나, 현대 것이나, 영원한 미래 것이라도, 한결같이 고지식함 그대로다. 그러기를 희망한다. 인간의 가장 속 깊은 여망이 있다면 둔갑하지 않는 정직한 인물일 것이다. 당신 같은 여성을 아내로 얻은 것이 내게는 다행 중 다행이다. 정직에 문제가 있는 사람의 특징은 표정이 잘 변한다. 당신은 표정에 변화가 거의 없다. 그것이 당신을 보증하는 미덕이다.

시계는 60개의 점이 원으로 배치되어 있는 구조이다. 점과 점 사이를 일 초로, 초침이 한 바퀴를 돌면 일 분으로, 분침은 점과 점 사이를 1분으로 계산하여 한 바퀴를 돌면 60분이 된다. 그러면 작은 시침은 점 다섯 개를 이동하여 한 시간을 알려 준다. 그것이 시간의 단위다.

큰 분침이 24바퀴를 돌면 1일이 된다. 시계의 역할

은 하루를 점검하는 기계다. 하루가 그렇게 30번 돌아가면 한 달이 된다. 다시 한 달이 세 바퀴씩 돌아가면서 봄 여름 가을 겨울로 계절이 생긴다. 그리고 시계의 가장 큰 역할은 계절을 만들어 낸다는 거다. 그 계절은 파종과 추수라는 삶의 공식과 발전을 가르친다.

어린 시절, 소년 시절, 젊은 시절, 신혼 시절 등은 시계를 몇 바퀴 돌아가는 숫자와 상관없다. 하늘에 구름이 떠다니듯이 시간의 회전이 자연스럽게 시절을 만든다. 사람은 시간을 사는 것이 아니라 시절을 사는 것이다. 시간이 시절을 불러오는 것을 자연 법칙이라고 한다.

인생은 시절을 따라 살게 되어 있다. 시절을 번갈아가면서 행복을 누리게 된다. 그 시절은 주인이 따로 없다. 사람마다 시절의 주인공이 되어 제 각기 좋은 시절을 만들면 주인공이 된다. 내게는 당신이 그 주인공이다. 내가 당신과 첫 선을 보고 결혼하던 해가 1959년이었다. 나는 당신과 서로 사귄 시절이 없다.

그것은 생략된 것이 아니라 미루었던 시간이다. 그런 까닭에 우리는 내내 사귀며 살았다. 보통 사람들에게는 잠시만이라도 사귀는 시절이 있다. 우리 부부는 그런 면에서 보통 사람과 다르다. 단 한 번만이라도 만났어야 했다. 우리 할아버지 시절에는 그러지 않았을지 모른다. 그러나 나는 시절을 역행하였으니 다른 사람보다 색다른 시절로 돌아가고 있는지 모른다. 어쩌다가 그렇게 된 것인지 그 까닭은 어머니의 전략 때문이었다고 생각한다.

우리가 맞선을 보았던 장소는 당신의 집이었다. 거기에서 양가 회동을 했던 것이 결과적으로 여러 가지 면에서 실속이 있었다. 밖에서 했다면 여간 번거롭지 않았을 것이다. 처녀가 밖에 나가서 선을 보기란 불편한 일이 많을 때였다. 만의 하나 혼담이 이루어지지 않게 되면 처녀의 주가가 폭락이 될 위험이 있어서다.

그런 모험은 하는 것이 아니다. 나의 어머니가 예방을 잘한 것이다. 혹시 당신의 아들이 거절을 당하게 될

까봐 그렇게 생각했을지도 모른다. 어쨌든 어머니의 작전은 일석이조였다. 우리에게는 나쁜 일이 일어나지 않았다. 양측이 만나 아무 이의가 없자 어머니는 양측의 의견을 종합하여 결혼을 하는 데 합의를 이끌어 냈다. 그 자리에서 결혼식 날을 정하는 데도 시간을 끌지 않았다. 양측의 가족들에게 아무 이의가 없으면 이대로 간다고 약속했던 것이 불변 조약이 된 셈이다.

그러니 누구라도 다시 만나자고 한다면 미심쩍은 데가 있다는 오해를 할 수도 있었다. 감히 결혼을 결정한 마당에 가만히 있기보다 더 좋은 일은 없다는 장치를 한 것이다. 그것이 어머니 방침이었고 어머니 지혜였다. 서로가 모든 것에 서툴 때였다.

극히 조심해야 탈이 없는 법이다. 아무 것도 더 필요치 않아서 우리는 곧장 결혼식으로 가게 되었다. 거기서 처음 당신과 정식으로 만난 것이 내 결혼식의 쾌거였다. 당신과 나 사이에 서로 알고 있는 것은 이름 석 자가 전부였다. 별로 탓할 일은 아니다. 결혼식장에

서 나란히 섰을 때가 익히 알고 있는 경우보다 훨씬 더 설레고 좋았다. 내 곁에 바짝 붙어 있던 신부의 용모와 향기에 내 가슴이 울렁이는 소리가 귀에 들렸다.

주례자가 순서를 어떻게 진행했는지 관심도 없었다. 그런데 식 중에 돌발 사고가 생긴 것을 알았다. 나와는 상관없는 일이었다. 신부 측에서 당황해할 작은 사고였다. 신부 동생이 누나 귀에다 속삭이는 소리가 들렸다. 신랑 예물을 집에 놓고 왔다는 것이었다. 가족들이 워낙 많아서 일어난 사고였던 것 같다.

장남인 동생이 챙기는 줄 알았던 모양이다. 장남은 당연히 아버지가 가지고 간 줄 알았다. 그런 와중에 나는 신부를 유심히 지켜봤다. 얼마나 속상할 일인가 싶었다. 사태를 파악한 신부는 그러나 조금도 당황하지 않고 누구에게 손짓으로 사인을 보냈다. 주례자가 사정을 알아차리고 순서를 여유 있게 진행했다.

그 당시에는 결혼식 때 예물 교환이 순서의 하이라

이트였다. 다행히 주례자는 신부 신랑의 예물 교환을 감쪽같이 차질 없게 치러 주었다. 나는 준비한 반지를 신부 손에 끼워 줬다. 신부는 만년필을 내 가슴에 꽂아 주었다. 만년필은 신부가 준비한 예물이 아니었다. 응급조치로 신부가 누구에게 지시한 지혜였다.

결혼식은 편하고 깔끔하게 잘 끝났다. 그날 신부는 내게 큰 선물을 안겨 주었다. 얼굴빛이 백설같은 설(雪) 양답게 아무 내색 없이 위기를 대처한 침착성은 평생 한결같이 여유가 있는 당신의 모습이었다.

부부가 둘이서 길을 걸을 때 걸음의 속도가 변한 적이 없다. 나의 경우는 사안에 따라서 보폭을 빠르게 옮긴다. 그러나 당신은 절대로 서둘거나 허둥대지 않는다. 시계같이 침착하여 시절을 불러 온다. 그런 시절을 즐기다 보니 봄이 오는가 싶더니 어느새 여름이었다. 당신의 침착성과 닮은 것 같았다. 오고 가면 다시 오는 시절의 멋이 당신 때문인 것처럼 느끼게 된다.

당신은 나의 시계, 나의 시간, 나의 시절이다. 당신을 보아도 그렇고 당신과 걸어도 그런 느낌이다. 이때까지 걸어 왔듯이 계속 더 걷고 싶다. 여성이란 좀 애교스럽게 허둥댈 때도 있고 호들갑을 떨어도 상관없다. 그러나 그런 사태가 생겼을 때 차라리 내가 허둥대고 분위기를 잡아도 당신은 그냥 있어도 된다.

그런데도 침착한 당신은 항상 그대로 자기 페이스를 지킨다. 그렇게 살아 주는 것이 당신다운 멋이다. 시계는 정밀한 꿀벌 같다. 시간은 얄미운 고양이다. 시절은 담담한 황소 같다. 어디서 누가 반란을 일으켜도 당신의 침착성은 그대로다. 당신의 그런 장점은 내 직무에도 큰 작용을 하였고 아직도 일을 잡게 하는 힘이다.

내 정신과 정서의 안정이 유지되는 이유는 당신 때문이다. 당신의 우유부단하지 않는 대담한 침착성이

얼마나 큰 힘이 되는지 모른다. 교회라는 곳은 생각보다 말이 많다. 당신은 들어주는 큰 귀가 있다. 들어서 소화해야 할 말은 문제가 없다. 그러나 들어서 대답하고 대응하게 되는 말은 무척 신경을 써야 한다.

그 숱한 말과 말을 다 대화로 해결하려면 신경 쇠약에 걸리기 쉽다. 그래서 상당히 많은 목회자 부인들이 그런 질고를 앓는 경우가 있다. 당신은 그 침착의 무기로 모든 신경성 질환을 거뜬하게 물리쳤다. 내가 평생 목회했던 교회는 10여 곳이 넘는다. 그 많은 소리에도 당신은 부딪힌 적도 없고 휘말리지도 않았다.

나를 내조하는데 당신만큼 안전하고 화목하게 하는 예는 흔치 않다. 나는 다른 목회자보다 이동이 많았다. 그러자면 당연히 당신이 무척 고달팠을 터였다. 그런데 당신은 복을 껴안고 다닌다고 소문이 났다. 한 번도 쫓겨난 적이 없다. 서로 오라고 잡아당겨서 몰래 도망을 간 적은 몇 번 있었다. 지금도 당신은 그런 호강을 누린다.

지금까지 지나오면서 단 한 번도 당신은 그런 신경 쇠약을 앓지 않았다. 선천적인 건강체인지도 모른다. 그러나 당신은 침착성을 잃지 않으려고 무던히 노력한다. 그리고 꾸준히 인내하는 훈련이 잘 되어 있다.

살다보면 별별 수모를 다 뒤집어쓰면서 견뎌야 제대로 자리를 잡고 일어선다. 누구나 일을 하다보면 쓰러질 정도로 위험할 때도 있다. 그럴 때 일을 하는 당사자보다 내조하는 쪽이 타격을 더 크게 받기 마련이다. 그럴 때마다 당신은 곁에 서 있는 시계같이 침착하게 나를 지켰다. 기죽지 않게 지켜 주어서 그런 시기를 오히려 좋은 시절로 승화시켰다. 그런 아름다운 추억은 재물보다 소중하다.

여성은 가꾸면 가꿀수록 미적 효력이 나온다. 그러나 침착한 여성은 심성을 다스리는 지혜가 어떤 힘보다 강한 효력이 있다. 당신은 선천적 혜택보다 후천적 노력이 지배적이다. 단정한 아버지, 선량한 어머니, 깨끗하신 할머니, 용감하신 외할머니의 보호막 속에서 그 어른들을 보면서 삶의 지혜를 터득한 것이 틀림없다.

나는 유심히 당신의 배경을 탐색해 보았다. 취미삼아 혼자서 즐기려고 연구해 보았다. 나와 비교해 보고 싶은 호기심도 작용했다.

나와 당신은 많이 다른 배경을 가지고 있다. 당신 삼촌은 아주 특이한 영웅형의 군인이었다. 그분은 6.25 전쟁 때에 헌병으로 참전한 용사였다. 그리고 또 한 분 외삼촌이 있다. 한마을에 살고 있는 그분은 천재형이다. 사범학교를 졸업하여 고향 학교에 교사로 있었다. 친삼촌은 영웅형, 외삼촌은 천재형. 두 분은 나이도 비슷하다. 영향력도 막강하여 아무도 상대할 맞수가 없었다.

한 분은 날카롭고 예민한데 마음이 착하고 따뜻하다. 다른 한 분은 명석하고 교양 있는 전형적인 스승이다. 성격은 소탈하고 마음은 바다 같다.

내가 결혼했을 당시는 그분들의 전성기가 지났을 무렵이었다. 외가는 그 마을에서 부유하기로 이름난 명가였다. 당신은 비범한 체질과 평범한 인간성을 가까이서 매일 지켜보고 자랐다. 그러니 그런 영향이 당신에게 상당한 유산으로 물려졌다는 것은 의심할 여지가 없다.

천재형 외삼촌의 드센 기질과 리더십은 집안뿐 아니라 그 고을을 호령했다. 당신은 그분의 제자로 6년간 배웠으니 그 인격과 그의 가르침이 당신 안에 가득할 것 같다. 당신은 외가에서 자랐으니 그쪽 영향이 클 것이다. 이모가 여섯 명, 외삼촌 두 명, 8남매가 고스란히 살아서 명가는 빛이 났다.

한번은 8남매가 서울 나들이를 간 적이 있다. 서울에 갔었는데 모 방송사에서 보고 안내하여 방송을 탄 적도 있다. 그 시대에 덕망 높은 부자인 외할아버지와 일찍 학문을 깨친 외할머니의 대범한 통솔력은 그 고을은 물론 부근의 고을까지 존경의 대상이었다. 높은 가풍의 어른들이 주도하는 사이에 당신이 본 것은 어른들 뿐이다. 당신의 안중에는 아이들은 존재하지 않았고, 오로지 어른들의 품위와 권위에 푹 빠져 살았다. 그러한 근본이 훗날 늠름하고 의젓한 침착성으로 배어 나오지 않았을까 싶다. 누굴 흉내 내어서 될 위상이 아니다. 철저하게 몸에 밴 가문의 고귀한 유산이며 흔적인 것이다.

어렸을 때 일본에서 자란 당신은 한국말을 몰랐다. 해방이 되어 고국에 돌아왔으나 말 때문에 입학을 하지 못했다. 마음을 일깨워 주는 어른들을 바라보는 선망의 눈으로 아무 언어 소통도 없이 그 깊고 높은 품성을 통째로 퍼 담았을 것이다. 마치 복사가로 복사한 것 같다.

그런 까닭에 당신의 주변에는 아무리 찾아봐도 그 어른들을 닮은 당신 같은 사람은 찾아볼 수 없다. 어쩌면 생존자 중에는 나 한 사람이 알고 있을지 모른다.

당신을 훌륭하다고 칭찬하는 것이 아니다. 당신 속에 담긴 것이 그렇다는 뜻이다. 내가 그것을 송두리째 차지하고 있다는 것이 내 복이다. 당신은 내가 말하는 뜻을 알 것으로 믿는다.

그런 전형이 나에게 얼마나 큰 몫을 했는지 상상하기가 어렵다. 나는 할아버지를 모른다. 외할아버지는 더욱 모른다. 삼촌은 없다. 아버지가 막내여서 그렇다. 외삼촌도 모른다. 이미 돌아가셨기 때문이다. 나는 아버지 어머니만 보고 살았다. 그 중에서 어머니가 나의 사표다. 어머니와 우애가 유별난 이모가 있었을 뿐이다. 당신은 나보다 열 배나 더 담긴 자원이 풍부하다.

나는 속에 담겨 있는 것이 별로 없다. 보고 자란 것이 없으니 빈 깡통이다. 당신은 자원이 풍부한 곳간이다. 꺼내어 먹을 것이 다양하다. 그 많은 자원을 내가 만끽하고 있다. 젊었을 때는 그런 것을 몰랐다. 나이가 들수록 인간 내면에 쌓인 무형의 가치가 현저하게 나타나는 것을 보았다. 그 중에 침착성이 가장 두드러진다. 이후로도 나는 당신의 그 힘을 빌려서 아껴 쓸 것이다.

시계는 얼굴이 깔끔하고 성격은 단순하다. 사물은 보는 각도에 따라서 다양하고 아름답게 눈에 들어온다. 그렇게 보는 감각을 시각이라고 한다. 시간의 그런 시각에 넋을 잃고 작품을 구상하는 예술이 다양하다. 모든 사물은 그 물체가 가지고 있는 가치보다 그것을 보는 시각에 따라 가치가 결정된다.

사람도 예외가 아니다. 그 사람을 보는 시각에 따라

평가가 다르다. 일반 사람이 아무렇지 않게 보고 지나치는데 거기서 불후의 명작을 창출하기도 한다. 시간이 흐르는 한순간에 값으로 계산할 수 없는 고도의 시각이 숨어 있다. 그것을 포착하는 시각이 그 사람의 능력이다.

세상의 모든 것이 시각에 따라서 다르게 비친다. 예쁜 꽃 한 송이도 보는 시각에 따라서 느낌이 다르다. 같은 노래라도 부르는 시각 듣는 시각에 따라 감동이 다르다. 당신의 시각에서 사랑이 다르게 전달된다. 시계의 얼굴에는 시각이라는 빛이 반짝 반짝 빛나고 있다.

당신이 얼굴에 화장을 하지 않아도 보기에 거슬리지 않는 이유가 시각의 영향 같다. 화장을 하면 오히려 낯설게 보인다. 생긴 그대로 반듯한 균형이 마음을 끌기에 적당하다. 나 혼자 정원에 서 있을 때보다 당신과 함께 서 있으면 꽃잎이 한결 더 다르게 아름답다. 상하좌우의 대칭이 훨씬 더 반듯하다. 무엇을 보탤수록 사

물이 일그러질 수도 있다. 그런데 당신과 있으면 아무것도 일그러지는 것이 보이지 않는다. 그래서 당신은 나의 시각이다.

내게 별로 관심을 끌지 못하는 사람도 당신과 함께 만나면 관심이 달라진다. 그런 효과 때문에 나는 당신과 함께 있는 것이 사는 것이다. 시계 중에는 간혹 아라비아 숫자 외에 로마 숫자로 된 얼굴이 있다. 그러나 아라비아 숫자가 대세다. 조금 멋을 부리느라 문자 표시를 하지 않고 점으로 숫자를 대신하는 시계도 있다.

고급으로 만든 특제품은 숫자 대신 보석을 장식하기도 한다. 제아무리 멋을 부려도 시계는 시간일 뿐이다. 그런데 시간의 가치는 시각이 가늠하게 만든다. 보는 시각에 따라서 가치가 동요한다. 시각의 감각이 없으면 시간은 별 의미 없이 굴러가는 바퀴에 불과하다. 당신은 그 시각으로 삶의 내용을 풍성하게 장식한다.

시계의 표면은 속도를 엄격하게 규제한다. 뛰어 넘

지도 못하고 앞지르지도 못한다. 그러나 시간의 이면은 제한이 없다. 어떤 순간에서 보아도 상관없다. 어떻게 해석을 해도 무방하다. 시간의 각도, 사물의 각도, 사람의 각도, 모두가 주관적 가치다. 세상을 자기 시각으로 이해할 수 있다면 아무 것도 겁나지 않는 법이다.

신은 시간 안에 있지 않고 시간 위에 존재한다. 시각은 신의 영역이라고 말하고 싶다. 왜냐하면 시간에 장치 된 시각이라는 것은 영감이 없이는 느낄 수 없기 때문이다. 시각은 그런 융통성이고 시간의 특권이다. 한 사람의 가진 안목은 다른 삶과 공유하는 것이다. 그러나 그 사람의 시각은 그 사람만의 독점이다.

시각은 순간이라 해도 같은 뜻이다. 순간순간으로 다양한 변화가 포착된다. 그럴수록 좋은 현상이 곧 발전이다. 사람의 시각은 일정하지 않고 고정시킬 수도 없다. 시간이 무한하기 때문에 시각 역시 무한정이다. 당신은 여성용 화장품 대신에 어린이들이 쓰는 스킨로션을 쓰는데도 피부가 곱기로 소문이 나 있다.

피부만 그런 것이 아니라 취향도 깔끔한 것이 특징이다. 당신은 식당에 외식을 하러 갈 때 자기 숟가락을 가지고 다닌다. 그런 성격을 잘 아는 동생들은 예쁜 숟가락이 눈에 띄면 얼른 사서 언니에게 선물하기도 한다. 그런 여성은 당신밖에 없지 않을까 싶다. 깔끔한 척하려는 것이 아니라 그렇게 해야 먹는 맛이 있다는데 방해할 까닭이 없다.

지금은 그런 습관을 많이 고치기는 했다. 그런 취향을 알고 있는 자식들은 오히려 그렇게 하지 않는 것이 늙어가는 속도를 보는 것 같아서 안쓰러워한다. 어느 식당에 가든지 식탁은 자기 손으로 닦아야 직성이 풀린다. 심지어 그럴 때 쓰는 물까지 가방에 넣고 다닌다. 내가 보기에 그것은 위생적인 것이 아니라 습관으로 보인다.

여행을 갈 때에는 호텔 침구로 몸을 덮기 싫다고 자기 침구까지 싣고 다닌다. 손자들과 외식을 할 때도 손자들을 깨끗하게 먹이겠다며 집에서 숟가락을 준비해

가지고 간다. 집안 구석구석은 먼지가 없게 반질반질 해야 된다. 그런 성격 때문에 자신의 몸은 오죽 피곤할까 싶지만 말릴 수는 없다. 다른 일에는 신경을 그토록 과민하게 쓰는 경우가 없는 당신이 오직 먼지라면 과민 반응을 하는 습관이 있다. 그 모습이 안쓰럽고 가엽게 느껴진다.

당신은 겁나는 것을 모른다. 그런데 먼지는 끔찍하게 겁을 낸다. 그것은 습관이 아니라 신조 같아서 아주 철저하다. 승용차도 먼지가 있으면 운전을 하지 않는다. 딸들은 엄마의 그런 성향을 알아서 세차장 티켓을 예매해 몇 달치를 맡겨 놓는다. 가끔씩은 손수 쓸고 닦는다. 마치 자기 몸을 닦듯이 뽀드득 소리가 날 때까지 닦아야 된다. 그런 결벽증이 일종의 병이 아닌가도 싶다.

그러나 고치라고 압박하지는 않는다. 깨끗하고 깔끔한 것이 나쁜 것은 아니다. 당신이 깨끗해서 내가 손해를 본 적이 없다. 한번은 이집트 카이로에서 돈 2천

불을 잃었다가 다시 찾은 적이 있다. 그 때도 당신의 그 깔끔한 덕을 톡톡히 봤다. 텔아비브에서 버스를 타고 이집트로 갔다가 카이로에 도착하니 해가 졌었다.

호텔로 가서 저녁을 먹고 객실로 올라가려는데 식당 주인이 여행객들에게 도둑을 조심하라고 일러 주었다. 관광지는 어디나 도둑도 그런 사업을 한다.

그 말을 듣고 밤에 지갑을 꺼내어 베개 속에 감추고 잠을 잤다. 밤새 도둑을 걱정 했으나 아무 일도 없었다.

이집트의 명소를 하루 종일 관광을 마쳤다. 카이로 호텔이 좀 불안하여 마디 쪽으로 이동했다. 호텔에 체크인을 하려다가 카이로 호텔 베개 속에 넣어두고 온 지갑이 생각났다. 그제야 카이로 호텔로 달려갔다. 택시 기사는 영문도 모르고 전속력으로 달려갔다. 우리가 들었던 방은 이미 청소를 다 끝내고 손님이 들어 있었다. 우리는 중요한 서류를 놓고 나왔다고 사정을 했다.

그러나 투숙한 객실 고객을 설득할 명분이 없었다. 다시 지배인을 찾아서 도움을 청했다. 지배인이 손님에게 사정을 말했다. 점잖은 노신사가 일어나서 방을 내어 주면서 찾아보라고 했다. 객실에는 두 개의 침대가 있었다. 그 중에 한 침대가 비어 있었다. 그 침대가 우리가 찾는 침대였다. 그러나 그 침대는 이미 청소부가 다 뒤집어서 침구를 갈아 놓았다.

그렇다면 지갑이 남아 있을 리가 없었다. 그런데 그 침대는 아내가 자고 나서 원상태로 깨끗이 손을 봐 놓은 침대 그대로였다. 혹시나 찾지 않을까 기대가 생겼다. 아내는 자기가 잔 침대를 언제나 깨끗하게 손질을 해 놓고 나오는 습관이 있다. 청소부들이 보기에는 손님이 쓴 흔적이 보이지 않았을 것이다. 그래서 청소부가 손을 대지 않은 것이 확실했다. 그 베개를 만져 보는 순간 지갑이 그대로 손에 잡혔다.

숙박비를 낸 고객은 잠을 자고나면 그냥 나가면 된다. 그런데 당신은 거기서도 깔끔하게 청소부처럼 자기 침대를 손질하고 퇴실했다. 조금이라도 건성으로 대충대충 했더라면 그 2천 불은 절대로 찾지 못할 돈이었다. 하마터면 사라질 뻔한 돈을 찾아 한턱 크게 쓴 추억이 남는다.

당신은 깔끔한 성격만큼 생각도 깨끗하다. 나는 당신의 깨끗한 거울 덕분에 나 자신을 되돌아보면서 살고 있다. 산책을 하면서 때로는 여행을 하면서 나누던 이야기 중에 한 번도 우중충한 화제를 입에 올린 적이 없다. 생각도 언사도 깔끔한 당신이 나는 좋다.

이런 저런 좋은 이야기, 고마운 사람들 이야기를 즐기는, 소녀 같고 처녀 같은 당신과 55년보다 더 오래 같이 걷고 싶어 이런 순애보를 수다스럽게 쓴다. 다시 태어나도 나는 당신을 선택할 것이다. 그 땐 정말 좋은 남편이 될 것 같다.

그러나 제발 당신은 나를 선택하지 말기 바란다. 당신은 육상 선수니까 도망을 하는 것이 좋겠다. 만일 내게 붙잡히면 당신은 또 고생을 하게 될 것이다. 내가 또 당신을 붙잡겠다면 정말 파렴치한 욕심쟁이다. 한 번도 과분했고 한 번만으로도 당신 몫은 완벽하게 치렀으니 아무 생각 말고 달아나기 바란다.

시계는 변수가 없다. 일정하게 표준 시계와 일치하여 움직인다. 아무리 성능이 좋은 시계라도 앞서가면 시계가 아니다. 어떤 금덩어리로 시계를 만들어서 보석으로 장식을 해도 배짱 좋게 늑장을 부리면 그것도 시계 취급을 못 받는다. 어떤 시계라도 표준 시계와 보조를 같이 하지 않으면 시계의 가치가 없다.

그러나 시간제로 영업을 하는 사람들 세계는 변수

가 생긴다. 시간을 임대하여 돈을 버는 고용주는 시간을 자기 마음대로 늘여서 노동을 착취하는 수법으로 반칙을 한다. 그런 악덕업자가 많은 것은 아니다. 시간제로 일당을 받는 고용자 중에는 시간을 잘라 먹기도 하는 것 같다. 그런 일을 근절하려면 정확한 시보 장치가 필수적으로 설치되어야 한다.

젊은이들이 즐기는 게임 기계는 자동으로 시보가 울리는 동시에 종료가 된다. 수동으로 시보를 알리는 곳에는 시간을 조작할 수도 있다. 기계 자체가 가지고 있는 장치가 가장 완벽하다. 학교에서 수업 시작과 종료를 알릴 때도 간혹 약간의 차질이 생길 때가 있다.

가장 엄격한 시보는 스포츠 시간이다. 0점 1초가 틀려도 소송을 하는 데가 그 쪽이다. 시계는 실력을 가려주는 장치다. 우열과 서열의 확정은 시보에 준한다. 시보가 심판관이다. 모든 게임은 종료 시보 앞에 꼼짝 못하고 손을 놓는다. 그런 시보가 울리면 승자는 유쾌하게 환호하고 허탈한 패자는 주저앉는다.

지금도 시간 임대는 다양하다. 기구를 임대하여 쓰는 경우에도 충분하게 시간을 지켜 주어야 시계의 본분을 다 하는 것이다. 시보가 1초라도 차질을 빚으면 억울한 피해자가 생긴다.

엄격한 올림픽 경기라도 사람이 손으로 작동할 때는 문제가 발생한다. 1초 사이에 메달의 색깔이 금에서 은으로 변한다.

시보는 마지막까지 꽉 차게 기다리는 관대한 것이 생명이다. 시보 조작은 조급한데서 생긴다. 때로는 고의적으로 늑장을 부려서 이득을 볼 수도 있다. 그런 행위는 몰지각한 범법이다. 시계는 사람을 가리지 않고 대접한다. 그러는데도 사람들은 아침잠을 깨워 주는 시보를 듣고 단잠을 깨운다고 시계를 집어 던진다. 그러면서 짜증까지 부린다.

인간 세상은 차별이 심하다. 차별 없는 나라가 없고 차별 않는 사회가 없다. 심지어 차별이 없어야할 종교계도 차별을 한다. 차별이라는 것은 인간의 뿌리 깊은 독성이다. 차별에 멍들어 세상을 버리는 사람이 있는가 하면 차별을 즐기면서 희희낙락하는 파렴치한 자들이 난무하는 무서운 세상이다.

때로는 인간이 아닌 동물이나 기계도 인간을 차별할 때가 있다. 그런데 시계는 절대로 차별을 하지 않으며 배신도 하지 않는다. 대통령 같은 높은 사람에게나 벌레 같은 미물에게나 시간은 한없이 관대하다. 그리고 좋은 일을 할 때나 못된 짓을 할 때도 시계는 관대하다. 당신은 나에게 시계답게 시보를 울려 주었다.

때로는 그 이상으로 관대한 것을 당신이 알고, 내가 알고, 하늘에 계신 그분께서도 아신다. 우리 다섯 가족이 미국에 이민을 올 때 들고 온 전 재산을 한 푼도 써 볼 겨를도 주지 않고 사기꾼에게 갖다 바친 어처구니없는 사건도 있었다. 그 액수가 부자의 껌 값이지만 우리에게는 전 재산이었다. 그 때도 나를 눈감아 준 당신이다.

우리 가족들의 미래를 위해 은행에 저축해 오던 퇴직 연금을 집사라는 이름을 담보로 적금 통장을 순순히 맡겨서 그대로 사기를 당한 실수까지도 모른 척 입을 열지 않고 참아 주었다. 속이 상해 그 사람을 찾아다니던 나를 오히려 위로하던 당신은 시계처럼 관대하다고 해도 한 점 거짓이 아니다.

여성이 남성보다 속이 좁을 것이라는 말은 완전히 편견인 것을 나는 알고 있다. 당신은 어떤 남자도 하지 못할 용서를 해 주는 여장부다. 그럴 때도 아무런 내색을 하지 않고 혼자서만 삼켜버리는 천부적인 아량이 있다. 주변을 둘러보아도 당신 같은 아내는 흔치 않다는 것을 밝히는 까닭이 있다.

남녀평등을 자랑처럼 부르짖는 현대 사회다. 그렇다면 용어부터 여남 동등이라 해도 아무 상관이 없어야 한다. 어떻게 보면 여남이라고 하는 것이 훨씬 평등하다. 그런데 남녀라는 말은 바뀌지 않는다. 미국 같은 나라에서는 처음부터 여남이라고 했다. 그런 나라가 미국뿐 아니다. 한국 여성들도 그러자고 들고 일어나면 그렇게 해야 될 것이다.

그런데 우리나라 여성들은 그렇게 해 달라고 하지 않는다. 착한 탓인지 지혜로운 탓인지 아니면 무능한 탓인지 모르겠다. 혹시 영악한 탓이 아닐까 싶다. 차라리 뒤에서 쫑알거리는 재미가 앞에서 우쭐대는 재미보다 낫기 때문이라면 그대로가 좋다. 나는 여성학자가 아니지만 여성을 많이 연구하는 편이다. 그런 습성은 아마도 당신을 곁에서 보면서 늘어난 것 같다.

당신은 여성으로는 쉽게 찾을 수 없는 그런 통 큰 면이 있다. 그런 것이 어디서 비롯되었는지 알 수가 없어서 탐구를 해 보았다. 그러다가 얻어낸 것이 당신은 내 시계 같다는 발상이다. 나에게는 일생에 당신을 연구하던 것이 가장 큰 효과라고 자부한다.

당신은 여성임에는 틀림없으나 여성답지 않게 관대하다. 그럴수록 나 자신은 조잔한 소인 같다는 것을 부끄럽게 생각한다. 그리고 매사에 과묵한 당신은 나의 시계라고 할 수밖에 없게 만들었다. 혹시 내가 착각을 하거나 비난을 한다 해도 나의 확신은 굽힐 생각이 조금도 없다.

당신의 관대함과 관용하는 심성은 속에서 우러나는 것이 아니라 하늘에서 내려 주는 것이라 하여도 손색이 없다. 55년을 넘게 살아도 언제나 당신만 보면 나는 늘 철이 덜든 것을 자주 느낀다. 그런 남편을 이처럼 만들어 준 당신이다.

그런 넉넉함에 대한 상급은 누가 보상해야 할지 생각해 보았다. 당연히 내가 해야 할 일이기는 하지만 마땅한 방법이 생각이 나지 않았다. 고민 고민 하던 중에 결정적인 작심을 하게 되었다. 그것은 당신을 공개하는 것이었다. 그보다 더 좋은 것은 없다는 데 도달한 것이다.

내가 할 수 있는 일, 내가 해야만 할 일이 그 길밖에는 없을 것 같아서 이런 모험을 시도했다. 당신은 평생 한 번도 사람들 앞에 나선 적이 없다. 그리고 어떤 곳에도 당신 이름이 나붙은 적이 없다. 그 흔한 교회 주보에도 그 이름이 한 번도 오른 적이 없다. 어떤 모임의 회원이 된 적도 없으니 임원은 당연히 해 볼 수가 없었다.

물론 그런 이유가 이 글을 쓰게 한 것은 아니다. 내가 당신에게 쓰는 이 순애보는 보상도 아니다. 그럴 만한 가치가 있는 것도 아니다. 호리라도 당신의 내조에 대한 보답을 하려는 것은 결코 아니다. 차라리 면목 없는 남편의 엄살이라면 말이 될 것이다. 내가 이런 글을 써도 될지 어떨지 물어볼 데가 없어서 고민이었다.

궁여지책으로 두 딸에게 물어보고 결심을 했다. 원래는 내가 88살 때 쯤 글을 쓰려고 생각했다. 그런 생각을 딸들에게 이야기했더니 기왕 쓰려거든 지금 쓰라고 해서 시작한 것이다. 지금 당신은 오랜만에 휴가 중이다. 나는 당신이 없는 사이에 이 글을 탈고할 것이다. 이미 생각해 뒀기 때문에 가능할 것 같다.

그러고 보니 지금이 적기가 아닌가 싶다. 옛 어른들은 88살 때를 가리켜서 미수라고 했다. 쌀 미자를 한자로 쓰면 팔십팔이라는 글 모양이 뜬다. 정확하게 여덟 팔자를 쓰고 그 다음에 열십자를 가운데 쓰고 그 아래 여덟 팔자를 쓰면 정확한 쌀미(米)가 된다. 그래서 옛 어른들은 여든여덟을 미수(米壽)라고 일러 축하를 했다.

장수하는 해를 백 살로 보는 것은 확률이 아니라 대접용이다. 축복을 최대치로 잡은 것이 '백수하라'는 인사였다. 그런 선심은 누구라도 좋게 생각한다. 간혹 어떤 이는 백수를 하라고 하면 악담을 말라고 거부한다. 그렇게 살지도 못할 것을 알기 때문에 약이 오른 것이다. 허황한 인사보다 88년은 실현 가능성이 있다.

날더러 120년을 살 것 같다고 말해 주는 고마운 사

람도 있다. 그것은 실현 불가능해도 악담은 아니다. 내가 그런 소리를 좋게 들었다면 그것은 나도 간사한 인간성을 드러낸 것이다. 요즘 아이들 말로 뻥을 쳐서 위로해 주어도 오래 살라는데 싫다할 이유는 없다.

그러니 가장 설득력 있는 인사가 미수라는 축사다. 나도 지금 같아서는 88년은 살지 않을까 싶기도 하다. 요즘 같은 장수 시대에 그런다고 욕할 사람은 없을 것이다. 그런 기대가 되는 것도 어쩔 수 없는 일이다. 어디서나 백수 노인을 흔하게 보는 시대이다. 그런 생각만 해도 나는 기분이 좋다.

당신이 알면 질겁할 사고를 치고 있는 이런 기분을 당신은 모를 것이다. 그런 당신을 속이는 죄를 나는 은근히 즐기는지 모른다. 어떤 벌이라도 달게 받을 각오가 되어 있기 때문이다. 그런 것으로 죄책감을 질 만큼 약한 척 하기는 싫다. 못난 남편이 처음으로 순애보라는 얄궂은 폭죽 한 방을 쏘아 올리거든 당신은 못 본 척하고 가만히 있어 줬으면 좋겠다.

내가 사고를 쳐도, 당신의 명예에 큰 손상이 가지 않으리라 나는 믿는다. 만의 하나 불똥이 엉뚱한 쪽으로 튀어서 어떤 피해가 발생할지 모르겠다. 나는 궁금하기는 하지만 두렵지는 않다. 결코 그런 일은 없을 것이다. 왜냐하면 내가 그럴 만큼 영향력 있는 위인이 아니기 때문이다. 무슨 일이 있어도 나는 당신의 관대함을 의식하여 마음 놓고 마무리를 할 것이다.

시계는 단호하기가 면도날보다 더 예리하다. 칼로 자를 때는 실수가 생길 수도 있다. 그러나 시계는 실수라는 것이 없이 단호하다. 그 시차는 아무도 손댈 수가 없다. 제 아무리 예리한 칼로 싹둑 자르는 솜씨라도 시계의 똑딱하는 시차를 흉내 내지 못한다. 운동경기 중에 기록경기가 주는 짜릿한 맛은 다른 것에 비할 데가 없다.

육상 경기에서 100미터 기록 보유자는 세계인의 각광을 받는다. 수영도 마찬가지다. 거기에 시차는 '0.' 이하의 시차다. 일상생활에서 '0.' 이하의 시차는 별로 쓸모가 없다. 과학의 세계는 '0.0' 이하까지 시차가 적용된다. 시간의 세계는 무궁한 것이다. 가끔 우유부단한 사람을 빗대어서 자극을 주는데 쓰이는 말이 있다. "나는 한다면 하는 사람이다"는 큰소리다.

그런데 그렇게 단호한 척하는 사람 가운데 자기가 말한 대로 지키는 사람은 보기 어렵다. 설령 그렇게 한다고 해도 단호한 것이 아닐 수도 있다. 말로는 누구나 장담을 하면 된다. 그러나 그 일이 자기가 해야 할 일이라면 그것은 단호한 것이 아니다. 공익과 정의를 위해서 개인의 사심을 포기하는 용기를 단호하다고 말한다.

어느 나라 어느 사회나 그런 인물을 찾는다. 여성이 그렇게 한다면 더욱 존경받을 만한 귀감이 될 것이다. 그렇듯 단호한 것을 가르쳐 주는 기계가 시계다. 시계는 어느 누구도 더 잘 봐 주는 법이 없다. 그렇다고 어느 누구라도 소홀하게 대하지 않는다. 1분을 더 봐 주는 시계가 있다면 그 시계는 당장 폐기 처분을 당하고 만다.

시계는 단호하게 사는 것을 사명으로 태어났다. 당신은 단호한 것이 이런 시계를 닮은 것 같다. 긴 세월을 함께 살아오면서 그렇게 느낄 때가 많았다. 당신이 나와 결혼하던 때 나는 전도사로 교회를 시무하고 있었다. 결혼식은 신부 쪽 교회에서 치렀다. 내가 시무하던 교회와의 거리는 백 리 길이었다. 따라서 내가 시무하던 교회에서는 교인들이 아무도 참석할 수가 없었다.

결혼 후 당신과 나는 곧장 나의 임지로 와서 생활을 했다. 생활환경이 완전히 다르게 바뀌었다. 어느 것 하나도 낯설지 않은 것이 없을 때다. 남편까지도 만난 지 며칠밖에 되지 않았다. 모든 교인이 환영했어도 낯설고 어렵기는 마찬가지다. 나는 신부인 당신을 위로할

책임을 절실하게 느꼈다.

그래서 당신이 할 수 있는 일을 찾아보았다. 당신은 처녀 때 주일학교 교사로 일했다. 그렇다면 남편 교회에서도 교사로 일하면 적합할 것 같았다. 그래서 부탁을 했으나 당신은 사양했다. 아직은 때가 아니라고 해서 기다릴 수밖에 없었다. 다른 교회에서 일을 하면 고향 생각도 조금씩 잊어질 것 같아서 때를 기다렸다가 결혼 전처럼 주일학교 교사직을 맡길 생각이었다.

그러던 중에 마침 당신이 할 수 있는 좋은 일을 찾았다. 이 교회는 반주자가 있기는 했으나 오르간을 단음으로만 치고 있었다. 온 교인들이 당신이 반주를 해주기를 바랐다. 나는 미처 당신이 반주를 할 수 있다는 생각을 하지 못했다. 나는 그 쪽 교회 사정을 잘 모르고 있었기 때문이다.

그때까지 봉사하던 반주자가 제발 좀 도와 달라고 많이 애원했다. 하는 수 없이 당신은 반주자가 되었다.

멜로디로 반주하는 오르간 소리만 듣던 교인들이 반가워하고 또 고마워했다. 새 신부를 보는 것만 해도 즐거운데 반주를 해 주니, 대우가 전격적으로 달라졌다. 당신은 곱상한 어린 신부에서 의젓한 사모님으로 변신하게 되었다.

역사가 50년 된 교회에서 처음 보는 어린 사모님이었다. 오르간도 제 모습을 찾았다. 3년 전에 일본에 있는 교포가 고향에 왔다가 오르간 없이 예배를 드리는 것을 보고 안타까워해 돌아가서 헌납한 것이었다. 아무도 만질 사람이 없어서 방치해 둔 것을 겨우 단음으로 소리를 내고 있던 터였다. 그런 중에 듣는 새로운 소리는 감동적이었다.

모든 것이 낯설던 분위기는 사라지고 급속도로 교회 분위기는 달라졌다. 새 신부의 신분이 반전되어 여성도들의 위상까지 달라지고 있었다. 교회가 50년 전에 설립될 때는 남자만 200명이 넘었었다. 여자는 한 명도 교회에 들어오지 못했던 시절이 있었다. 여성도

들은 바깥에서 구경만 했던 것이다.

성가대도 화음을 알게 되었고 삽시간에 새색시가 아니라 성숙한 부인이 된 것 같았다. 그럴 때 우리 어머니, 즉 당신의 시어머니가 며느리를 보려고 주일 예배 시간에 맞춰 교회에 왔다.

어머니 입장에서는 며느리가 시집오던 날 하루밖에 같이 있지 못했으니 얼마나 보고 싶어서 온 것일까 싶다. 당신께서 선택한 며느리여서 더욱 그리웠던 모양이다. 예배 후에 어머니와 며느리는 여러 가지 담화를 나누었다. 그리고 한 가지 당부한 것이 있다. 며느리가 반주하는 것을 보시고 흐뭇하게 느꼈던 것이다.

그러나 어머니는 며느리에게 목회자 아내가 하는 일은 앞에 나서는 일이 아니라고 말했다. 목회자의 아내로 살아야 할 일생을 걱정하신 것 같다. 며느리에게 반주를 하는 것은 좋은 일이다. 그러나 하지 않는 것은 더 좋은 일이라고 달래 주었다. 목회자 부인은 다른 사람과 다른 점이 한두 가지가 아니라 했다. 어머니는 며느리에게 시집살이는 목회자 내조에 비하면 아무 것도 아니라고 일러 주었다.

어머니는 '진짜 시집을 앞으로 살아가려면, 아무 것도 하지 말고 내조만 하여야, 너도 살고 남편도 살고 교회가 산다.'고 조언했다. '잘못하다가는 네가 네 집 안주인이 아니라 교회 안주인이 되기 쉽다.'고 겁도 주었다. 그렇게 되는 날에는 배가 산으로 오르게 되듯이 교회도 방향을 잃고 위험하게 된다는 것이다.

당신은 그러면 어떻게 해야 되는지 가르쳐 달라고 물었다. 어머니는 알아듣게 일러 주었다. '교회 봉사는 교인의 몫이다. 너는 네 남편을 도와주고 살펴주고 챙겨줘야 된다. 반주를 잘하고 못하고 그런 것은 문제 삼지 않아도 된다. 누구든 배우면 된다.'고 했다. 그날부터 당신은 반주에서 손을 뗐다. 그리고 평생 한 번도 그 자리에 앉은 적이 없다.

당신의 단호한 그런 모습은 지금도 여전하다. 친정 교회에서는 당신을 내가 빼앗아간 것처럼 서운하다는 소리가 종종 있었다. 마침 그 교회 목회자가 이동이 있었다. 교인들이 설옥자 남편을 데려 오자고 발의를 한 것을 당회가 접수하여 나에게 청빙을 해왔다. 그때 나는 이 교회로 부임한 지 3년차에 접어들었을 때다.

이 교회도 놓아 주지 않으려고 청년들의 시위가 있었다. 그 때 우리의 첫 아기가 복중에 자라고 있었다. 얼마나 친정이 그리울까, 그 식구들이 얼마나 보고 싶을까 싶었다. 내가 전도사로 출발하면서 모교회 목사님에게 인사차 들렀을 때 격려해 주신 말씀이 생각났다. '아무리 어려워도 3년은 견뎌야 된다.'

3년 전에 떠나면 그것은 이동이 아니고 사고가 생긴 것이라는 말에 용기를 내었다. 우리는 3년을 채우고 그해 연말에 처가 쪽 교회로 이동하게 되었다. 그 교회에서는 대환영을 했고 떠나보내는 교회는 유감을 억제하지 못해 두고 보자고 험한 소리까지 했다. 두고 보자는 그 말이 악담이 아니라 다시 보겠다는 뜻인 것을 나는 몰랐다.

친정 쪽에서는 군에 간 아들이 돌아온 것처럼 떠나간 옛 동지를 환영했다. 당신도 나도 이런 날을 바란 적은 없다. 목회자는 작은 사심이라도 삼가야 한다. 내가 처가 쪽 교회에 가서 목회할 줄은 상상도 못한 일이다. 어떤 이는 내가 원해서 온 줄 착각해서 민망도 했다. 목회자는 떳떳하고 자유로워야 된다.

처가살이가 측은한 것처럼 처가 교회가 좋을 까닭이 없다. 다만 그런 사적인 관계를 떠나서 목회를 할 수 있다면 기피할 이유는 없다.

새해가 되어 모든 것이 새 출발할 첫 달에 첫 아들을 순산했다. 여성들이 초산은 친정에서 하고 싶어 하던 때에 우리는 그런 행운을 누렸다. 그 곳에서 당신은 설 선생으로 통해서 편했다.

친정집이 넉넉해서 딸의 출산을 친정에서 어머니 손에 맡기는 것이 좋지만 산모는 출가외인이라고 사양하여 당신은 결국 교회 구내에서 출산했다. 교회 사택 자기 방에서 첫 아들을 순산한 것도 단호한 성격과 무관하지 않다. 그럴 때도 인정에 치우치지 않고 자기 입장을 고수했다. 교회 여전도회에 설옥자 이름을 올려놓았다. 당연히 그래야 될 줄 알았다. 전임 목회자도 그렇게 했던 교회다. 그런데 설옥자는 회원 자격이 없다고 단호하게 밝혔다.

전도회는 교인의 모임이다. 목회자 가족은 교인이 아니라고 설명했다. 그런 후로 당신은 단 한 번도 교회에서 무슨 회원이나 임원을 해본 적이 없다. 당신은 오직 나의 내조자 한 가지만 지키고 모든 직은 교인에게 돌렸다. 한다면 한다는 말을 당신은 시계처럼 지켰다. 내 곁에서 평생 나만 도왔다.

그런 결과로 누구와도 갈등을 한 적이 없다. 아무 공석에서도 한 마디 발언도 해본 적이 없다. 찬성도 반대도 의사 표시를 할 기회도 없었다. 특별한 동지도 없고 한 명의 라이벌도 없었다. 죄송하고 유감스럽게도 친정 교회는 3년을 지키지 못했다. 3년은 고사하고 일 년을 채우지 못하고 그 교회를 떠나야만 했다.

무슨 사고가 생겼던 것도 아니다. 우리가 떠나고 싶어서 떠난 것도 아니다. 아무 잘못도 없었다. 내 평생에 가장 짧게 목회하였고 작별을 가장 아프게 하여 많은 작별의 눈물을 흘렸던 교회다. 친정 교회라서 떠날 이유가 없고 떠나고 싶지도 않았으나 그렇게 하지 않을 수도 없었다. 당신은 나보다 훨씬 힘들었을 것이다.

그런데 당신은 잔인할 만큼 단호한 결단을 했다. 육탄으로 자동차의 앞길을 막아서는 저항에도 우리는 갈 길을 강행했다. 결혼식을 했던 정든 교회, 아들을 출산했던 교회를 사임하고 말았다. 그런데 두고 보자던 그 사람들의 곁으로 다시 가게 되었다. 새색시로 처음 그 땅을 밟았던 그 곳을 다시 가게 되었다.

이번에는 첫 아들을 업고 세 식구가 다시 가는 재회가 더욱 감격스럽기도 했다. 평생에 한교회를 두 번 청빙 받아서 가는 일은 흔치 않을 것이다. 사람이 두고 보겠다고 결심하면 무서운 저항력이 생기는 것을 알았다. 그 후로 나는 목회를 하되 사람에게 빠지는 오류는 범하지 않으려고 노력했다.

두고 보자던 그이들을 떼놓고 내가 떠난 후에 생긴 사연을 이야기해야 될 것 같다. 내가 떠난 즉시 다른 전도사가 부임해 왔으나 그는 한 달밖에 시무하지 못하고 떠났다. 다시 또 전도사가 왔으나 그 전도사도 교회가 냉랭하다고 불평을 늘어놓고 떠났다. 무책임하게 교회를 탓하면서 떠나버렸다. 그러기를 7개월이 지났다.

그런 소문을 전해 듣고 나는 크게 반성을 하였다. 내가 교회를 그렇게 만들어 놓은 것 같았다. 그 교회가 서 있는 마을 자체가 인정이 유별난 특징이 있었다. 그렇다 해도 내가 사람 좋아하는 인간 목회를 한 것이 아닌가 싶었다. 결국 나는 3년도 못 채우고 떠나는 사고를 친 목회자가 되었다.

그날 이후로 나는 감성을 자제하며 조율하려고 다방면으로 연구했다. 당신도 친정을 그렇게 떠나고 싶었을 리가 없다. 누굴 위해서 그랬던 것이 아니라 주의 종의 길을 철저하게 가겠다는 결의가 아니면 못할 일이다. 핑계를 하려면 얼마든지 할 말이 있다. 나 역시 무슨 변명을 해서라도 3년은 채웠을 것이다. 그러나 두고 보겠다는 그들의 상처만은 싸매 줘야 할 나의 책임을 깨달았다.

서울 용산에서 지내던 시절 나는 일시 실명을 했었다. 의학의 발달이 첨단을 달리고 있으니 안과에 가면 문제없이 고칠 줄 알았다. 아무 충격이 있었던 것도 아닌데 갑자기 눈이 혼탁해졌다. 조금씩 어두워지더니 앞을 보기 힘들게 되었다. 안과에 가서 생각보다 심각한 질환이라는 진단을 받았다.

서울에서 이름난 대학 병원과 종합 병원을 두루 돌아다니면서 진단을 받았다. 참으로 비참한 몰골로 실명의 늪에 빠져들었다. 병자를 치유하고 희망을 안겨줘야 할 병원에서 처절하게 무시당하는 수모까지 경험했다.

물론 병원이 다 그렇지는 않다. 강남의 어느 종합 병원에서 별 꼴을 다 당하기도 했다. 안과에서 진찰을 받던 중에 과장에게 혹시 실명은 않겠느냐고 걱정스러운 질문을 하자 나보다 나이가 젊은 그 의사 과장이 "지금 실명을 했는데 무슨 실명을 또 하겠느냐"는 대답을 한 것이다.

나를 너무 절망시키는 의사가 무서웠다. 나는 "수술을 하면 시력을 찾을 수 없겠느냐"고 다시 한 번 물었다. 그랬더니 "당신의 눈은 가망이 없다"고 더 확실히 결론을 내렸다. 나는 매달리며 그럼 어떻게 해야 되느냐고 목이 메는 소리로 물었다.

의사는 그건 점쟁이한테 물어 보아야 할 거라며 앞에 앉은 환자를 비웃듯이 충고했다. 나는 아무 말도 못하고 돌아 나왔다. 생각할수록 불쾌하여 속이 부글부글 끓었다. 그냥 물러난 것이 후회되기도 했다. 그 의사에게 용한 점쟁이라도 소개해 달라고 말하지 못하고 온 것이 분했다.

요즘 같은 세상에 그런 비인간적인 의사가 유명 의료원의 과장 노릇을 한다는 것은 창피한 일이다. 그런 수치스러운 의사를 병원 당국자가 알고 있는지 궁금했다.

나는 다시 분발하여 다른 안과를 찾아갔다. 거기서는 과장이 수술을 해 보겠노라고 했다. 다소 희망적이었다. 그 병원에서는 실명을 했다고 말하지는 않았다. 나는 우선 수술을 받고 싶었다. 그러나 한번 실망하고 의사한테 받은 상처 때문에 많이 주저하게 되었다. 드디어 수술을 하기로 결정하고 병원에서 날과 시간을 알려 왔다.

그래도 절망을 주지 않는 의사가 있다는 것은 다행한 일이었다. 그러나 놀란 가슴이 여전히 진정이 되지 않았다. 약속한 수술 날을 기다리며 희망을 걸었다. 어느덧 수술 날이 닥쳤다. 당신이 수술을 집도할 과장을 다시 찾아갔다. 그런데 당신은 상담을 하던 중에 돌연 마음을 바꾸어 수술을 취소하고 왔다.

환자와 의사의 생각이 달랐던 것이다. 최소한도의 신뢰라도 생겨야 환자가 수술을 시도하겠는데 그런 신뢰가 추호도 생기지 않는다며 당신은 수술을 포기하고 왔다. 당신은 그 의사에게 신뢰가 가지 않는다고 했다. 이미 실명을 했다고 진단한 의사처럼 해봐야 알겠다는 말밖에 하지 않았다는 것이다.

의사의 명예를 걸고 최선을 다하겠다고 했으면 실명을 해도 그 의사에게 수술을 받으려고 했다. 그러나 그의 대답은 책임을 질 수 없다는 것이었다. 우리는 책임을 요구한 것이 아니라 최선을 바랐을 뿐이다. 수술을 거부하고 돌아온 그 단호한 감각이 없었다면 나는 아마도 눈을 영영 잃고 말았을 것이다.

나는 지금까지도 당신의 그 결단을 존중한다. 아무 자신감도 책임감도 없이 수술을 하겠다는 의사에게 내 눈을 맡기지 않겠다는 당신은 정녕 시계처럼 단호했다. 당신이 아니었더라면 나는 어떻게 되었을까, 그런 생각이 종종 나를 서늘하게 한다.

모든 준비를 내려놓고 다시 원점에 섰다. 눈을 감고 살게 된 지 6개월째 접어들면서 기대와 희망이 차츰 무너져갈 즈음에, 미국에 있는 막내 사위가 수소문하여 믿을 만한 정보를 제공해 주었다. 우리는 그 길로 Y 병원의 과장을 만나게 되었다. 처음에 가서 진찰을 받고 돌아와서 다시 가서 두 번째 진찰을 받던 날 그 과장은 한번 해 보겠다며 허락을 해줬다.

'한번 해드리겠다'는 결심을 듣는 순간 가슴에서 확신이 벼락처럼 번득였다. 그 의사에게는 수술 예약이 이미 6개월 후까지 밀려 있었다. 6개월을 기다리기는 너무 암담했다. 과장의 지시로 최대한으로 앞당겨 보라고 재촉했다. 담당자가 잡은 날이 앞으로 일주일 후였다. 깜깜한 눈에서 하염없는 감사의 눈물이 흘렀다.

당신과 나는 참으로 고귀한 교훈을 체험했다. 같은 의사인데, 그것도 같은 서울 중심에 자리 잡은 대형 병원인데, 점쟁이에게 물어 보라는 의사가 있는가하면, 아무 기대나 희망도 주지 않고 책임만 모면해 보겠다는 무성의하고 비신사적인 엉터리도 있었다.

그런 중에도 다른 한 곳에서는 "해 봅시다!"라고 용기 있게 도전하는 신뢰를 주는 의사도 있었다. 우리 집에도 의사가 셋이다. 당신과 나는 그들에게 틈만 나면 일러 주는

말이 있다. "의사는 병을 알고 환자는 의사를 안다"고 일깨워 준다. 많은 의사들은 환자를 모르는 것 같다. 하지만 그것은 모르는 것이 아니니다. 무시하는 것이다.

미국에 살면서 미국 의사들에게 감동을 받을 때가 많다. 그들은 환자가 오면 꼭 악수를 하면서 인격적으로 대우를 한다. 그것은 교양이라기보다 합리적인 사고방식 때문이 아닌가 싶다. 환자 덕분에 돈을 벌어서 행세하는 입장인데 환자를 개떡같이 여긴다면 그건 악덕 업자와 다를 것이 없다.

물론 환자가 많아서 그럴 겨를이 없을지도 모른다. 그러나 악수까지는 바라지 않지만 무시하지는 말아야 의사라 할 수 있겠다. 환자들도 그 정도는 알고 의사를 본다는 것을 명심하면 좋겠다. 우리 집의 의사들에게도 "병을 보는 의사가 아니라 환자를 보는 명의가 되라"고 부탁과 격려를 하는데 다 내가 앞서 체험했던 일들 때문이다.

어떤 의사라도 딱 부러지게 단언하기는 어렵다. 그렇게 할 수도 없거니와 그렇게 바라지도 않는다. 환자가 그런 책임을 강요해서도 안 된다. 그러나 최선을 다하겠다는 결의를 보여 주는 의사가, 진정한 의사일 것

이다. 당신의 단호한 거부로 나는 참 좋은 의사를 만났고, 결과도 좋았다.

그 의사의 집도로 나는 시력을 회복했다. 원래 수준에는 많이 미달했지만 실명의 위기는 확실하게 모면했다. 지금 생각해도 수술을 취소했던 결단은 고맙기 이를 데 없다. 당신은 냉정한 편이 아니다. 그러나 정의에는 누구보다 단호하다.

한번은 운전 교습을 학원에서 받겠다고 신청을 했다. 남편에게는 운전을 배우는 것이 아니라는 것을 경험했기 때문이다. 학원에서 이틀째 운전을 교습 받던 중에 교습 중이던 당신이 돌연 학원 교사에게 교습을 중단하고 학원으로 돌아가겠다고 요청했다. 그리고 학원 앞에 차를 세우고 다른 교사를 데려다 달라고 했다.

교사는 학원에서 자기가 제일 잘 가르치는 교사라고 하면서 요청을 받아줄 수 없다고 했다. 그러자 당신이 수업료를 환불해 달라고 했고, 교사는 이유를 물었다. 당신은 정당한 수업료를 내고 배우는데 왜 화를 내면서 야단을 치느냐고 했다. 그제야 교사는 잘못했다고 사과하며 교습을 계속하자고 꼬리를 내렸다.

운전 교습소는 학생을 받는 곳이 아니라 고객이 오는 것을 모르고 있었다. 당신은 차마 같이 싸울 수 없어서 그런 단호한 결심을 보였을 것이다. 내가 처음 운전을 가르칠 때도 화를 낸다고 차에서 내려 걸어서 집으로 간 일이 있었다. 싫으면 그만 두는 것이 싸우기보다 현명한 일이고 틀림없는 행동이다.

당신은 남편에게 운전 배우기가 싫어서 학원에 다녔다. 그리고 학원에서 '돈 내고 야단맞는 것은 잘못된 것 아니냐'고 반항한 것은 효과가 있었다. 그렇게 정당하게 살아가는 비결은 자기 인권을 유린당하기 싫다는 단호한 정당 방어가 아닌가 싶다.

시계는 60개의 작은 분점과 열두 개의 큰 시점으로 된 구조다. 그 점과 숫자 위로 분을 가리키는 분침과 시를 가리키는 시침이 점과 숫자 위로 돌아가면서 시간을 가리킨다. 시계의 행보는 오른쪽 방향으로 원을 따라서 회전한다. 그 보폭이 60점으로 일정하다. 그 한 점을 분짐이라 한다.

그리고 분점 다섯 개마다 한 시간씩 열두 개의 숫자

가 시침의 자리다. 그 시점을 따라 돌고 있는 것이 시계이고 그 시간을 따라가며 인간이 살고 죽는 것이다. 인간은 시간을 사는 것이다. 우주 만물 중에 인간만 가지고 있는 것이 시계다. 만물이 시간에 의해 생존하고 유지되지만 시계는 인간만 가지고 있다.

시계는 시간의 형상이다. 시계로 시간을 본다. 시간을 보기 위해 인간은 시계를 만들었다. 그리고 시간을 디자인하여 음악을 만들었다. 음악도 시계처럼 인간만 가지고 있다. 시간을 보고 듣는 존재는 인간뿐이다. 만일 시계가 없고 노래가 없다면 어떻게 될까? 그 생각만 하면 인간으로 태어난 것이 큰 복이다.

그렇게 알고 열심히 보람 있게 시간을 아껴야 할 것이다. 시간은 음악으로 디자인하여 인간을 정복했다. 인간은 음악을 먹고 사는 존재가 되었다. 음악으로 인간을 사로잡고 음악으로 신과도 소통한다. 인간이 작곡하여 연주하는 음악은 전적으로 악보에 의존한다.

음악을 시간의 예술이라고 한다. 악보는 그 시간을 디자인하고 재단해 놓은 도안이다. 인간의 능력은 음악을 만드는 데 있다. 음악에 투자하는 비용, 음악으로 벌어들이는 수입, 음악으로 먹고 사는 인력, 음악으로 창출하는 지능의 한계가 어디까지인지 미지수다. 언제부터 누가 음악을 개발했는지 그런 것은 내가 말할 자격이 없다.

다만 음악은 탁월한 지혜로부터 시작된 것임에는 틀림없다. 지혜의 대명사는 솔로몬이다. 솔로몬은 음악가였다. 아버지도 음악가이면서 왕이었다. 왕이 되기 전에는 장군, 장군이기 전에는 목동이었다. 솔로몬의 핏속에는 시와 음악으로 가득 차 있었다. 얼마나 많은 시를 썼고 얼마나 많이 연주를 했는지 가늠하기 어렵다. 그 아버지와 그 아들은 인간의 한계 밖에서 뛰어든 천재가 아닐까 회의가 생길 지경이다.

솔로몬의 노래 중에 내가 고른 대표곡은 <적시가>이다. 많은 사람들이 <허사가>를 꼽는다. 인생 만사가 다 헛되다는 말은 도입부의 장식용이다. 내가 고른 노래에는 날 때, 웃을 때, 춤출 때, 사랑할 때 등의 노래다.

거기서 솔로몬은 인생의 만 가지도 넘는 삶의 현장을 '열네 가지 시점(14때)'으로 압축했다. 그것은 이해하기 어렵다. 어디에 맞춘 열네 가지인지 생각해 보면 가늠이 된다. 솔로몬의 인생관은 비관적이지 않았다. 그의 노래는 때를 따라 모든 것이 아름답다는 주제였다. 그러므로 <허사가>로 솔로몬을 평가하는 것은 잘못이다.

'14때' 목록은 1 날 때, 2 심을 때, 3 고칠 때, 4 세울 때, 5 웃을 때, 6 춤출 때, 7 안전할 때, 8 포옹할 때, 9 찾을 때, 10 꿰맬 때, 11 지킬 때, 12 말할 때, 13 사랑할 때, 14 평화할 때이다.

그 14는 반사되는 양면이 있다. 1 죽을 때, 2 뽑힐 때, 3 죽일 때, 4 허물 때, 5 울 때, 6 슬플 때, 7 파손

할 때, 8 냉정할 때, 9 흩을 때, 10 버릴 때, 11 찢을 때, 12 입 막을 때, 13 미워할 때, 14 싸울 때와 동시에 일어난다.

사람이 태어났으면 죽는 것도 있기 마련이다. 솔로몬은 정확한 수치로 이치를 설명했다. 인생은 웃기만 할 수 없어 울어야 할 것이다.

그런 시점을 음악으로 표현하여 웃게도 하고, 참게도 하고, 포기하게도 하고, 기다리게도 해 준다. 음악처럼 고마운 것이 없고, 음악처럼 신나는 것이 없다. 음악처럼 나를 알아주는 것이 없다. 그 음악의 악보가 그렇게 하라고 지시하기 때문이다.

그 역할의 주인공이 시점이다. 솔로몬의 '14시점'은 음과 양으로 배열하여 '28때'라고 기록했다. 인생은 그 28때를 들락날락하면서 웃고 울면서 사는 것이다. 가끔은 울고 있을 때가 행복한 순간이다. 사시사철 밤낮으로 웃기만 하는 여성과 살라고 하면 차라리 죽고 말겠다는 남성이 절대 다수일 것이다.

음악은 희비의 조화를 절묘하게 표현한다. 솔로몬의 28시점은 철학으로 풀면 답이 없다. 신학으로 풀어도 마찬가지다. 음악 교실에서 풀어도 그렇다. 오직 노래가 연주 되는 현장에서 보면 빤히 눈에 들어온다. 나는 솔로몬이 그 현장에서 작곡을 했을 것이라고 믿고 싶다.

네 사람이 7현금을 들고 연주하면 현악 4중주다. 음악의 세계에는 현악 4중주만한 음률은 찾기 어렵다. 현악 4중주를 모르는 음악도는 없다. 현금의 줄은 다양하다. 28을 7로 풀라는 솔로몬의 암시다. 28줄에서 나는 아름답고 황홀한 음악처럼 살라는 교훈이다.

당신은 시계이고, 당신은 여성이고, 당신은 음악이다. 당신이 움직일 때, 그 시시 때때, 그 시점에 맞추어 나는 웃고, 울고, 멋있고, 맛나게 55년을 가고 있다. 나는 서양 음계는 솔로몬의 7현에서 온 것이 아닐까 생

각한다. 음악사를 한 번도 공부한 적이 없지만 그런 생각이 든다.

5선지 악보에는 7음계를 음표로 찍을 공간이 있다. 그리고 그 음표가 걸어가고, 뛰어가고, 달려갈 리듬을 조율하는 쉼표가 시간을 지시하고 있다. 음악은 시간과 공간을 망라한 영역을 장악하고 있는 신성한 예술이라 하고 싶다. 예술은 예쁜 기술 같다. 그리고 음악은 엄숙한 기술 같아서 나 혼자말로 내 순애보에만 한번 써서 이 순애보의 주인공을 웃겨 주고 싶다.

시계가 돌고 있는 한 점 한 점은, 인생의 한발 한발 걷는 것과 같다. 시간이 흐르는 시점 시점에는, 우리가 먹고, 자고, 깨고, 놀고, 울고, 웃는 한 컷 한 컷이 그 시점에 찍혀 있다. 솔로몬은 시점을 지혜롭게 고음에서 시작했다. 아기가 날 때는 고음 대행진이다. 산모가 고음으로 익을 쓴다. 그런데 그 고음은 놀랍다.

산모가 아니면 낼 수 없는 인생 최고 최선의 절규

다. 그 소리는 여성의 특권이며 축복이다. 그래서 음악은 고음이 압권이다. 연달아서 아기가 태어나면서 엄마에게 깨끗한 고음으로 답례를 한다. 세상에 그런 뮤지컬은 어디에서도 볼 수 없고, 들을 수도 없다. 살을 찢는 아픔에서 나는 그 고음은 애절하고 눈물겹다.

아기는 전신을 쥐어짜는 압박에서 폭발하는 고음이다. 그런 두 개의 고음이 연출하는 조화는 음악의 세계에는 있을 수 없는 장관이다. 다시 솔로몬은 장르를 바꾼다. 다음은 극과 극의 차이로 저음을 나타낸다. 아기가 태어날 때에 비하면 사람이 죽을 때는 현저한 저음이다. 죽음은 슬프다. 그 소리는 처절하다.

대체로 장송곡은 한 옥타브 이하의 낮은 음으로 부른다. 슬픈 마당에서 고음을 꽥꽥 지르는 것은 예의에 어긋난다. 우는 자와 함께 우는 자세로 있어야 한다. 거기서는 웃음도 자제하는 것이다. 간혹 어떤 장례식에서는 낯이 뜨거운 때가 있다. 교인들이 응원가를 부르듯 고성으로 찬송을 부르는데 정말 민망한 장면이다.

교양도 품위도 다 실종된 시대 같아서 실망스러울 때가 있다. 솔로몬은 고음과 저음을 적절하게 안배하여 기쁜 노래와 슬픈 노래를 잘 구별하는 것부터 가르쳐 준다. 당신은 기쁠 때를 알고 함께 웃어주는데 선수다. 슬플 때 가까이서 지켜주며 함께 슬퍼할 줄 아는 노련한 위로자다. 마치 그 방면의 전문가처럼 잘한다.

음악에는 부점이라는 부호가 있다. 음악을 가장 매력 있게 꾸며주는 부점이라는 작은 음표 하나가 연출하는 매력은 음악을 맛깔스럽게 만든다. 나는 음악을 공부한 사람은 아니다. 그러나 음악을 들으면서 참으로 흥에 겨워 춤을 추고 싶을 때가 있다. 그런 역할을 하는 기술이 부점이 하는 몫이다. 스타카토나 신코페이션 등의 효력이 부점 효과다.

누구라도 시간의 시점을 정확하게 찍을 수 있다면 못할 것이 없다. 심지어 재벌이 되는 것도 한 순간에 될 수 있다. 행운의 시점을 놓치면 평생 후회해도 소용없다. 시점은 일정하게 서서 기다리는 것이 아니다. 다른 사람이 버린 그 시점이 내게는 대박을 가져다주기도 하는 것이다. 그것이 시점이다.

시점을 사고파는 데는 없다. 그런 것은 운수에 달렸다고 믿는 사람이 많다. 그것은 어리석은 일이다. 확률에 기대를 걸어보면 운을 바라기보다는 나을지 모른다. 어떤 현명한 명사가 신이 자기에게 한 가지 소원만 구하라면 자기는 한 시점을 구할 것이라고 했다. 그렇게 되면 신께서 정해 주는 시점에 전 재산을 걸면 인생과 운명은 순간에 끝을 보게 된다.

그 시점은 다름 아닌 우량주를 사야 될 시점을 말한다. 음악을 듣노라면 심금을 사로잡는 황홀한 가락이 있다. 나는 전문가는 아니라도 음악의 묘미는 리듬이 아닐까 싶다. 장단의 음악을 살리기도 하고 죽이기도 하는 것 같다. 음악의 부점, 시간의 시점 같은 기막힌 기능이나 매력은 여성의 천부적 감성과 통한다. 다만 그 시점을 잡는 손과 집는 센스가 결정적이다. 그 시점을 놓치면 큰 손실을 초래한다.

당신이 그런 시계처럼 생각될 때가 자주 있다. 나는 화가 나는데 시계는 전혀 모른다. 그럴 때 시점을 놓친다. 자기감정에 지나치면 시점이 지나가도 모른다. 눈이 자기 쪽에 고정되어 있으면 어떤 시점도 잡을 수 없다. 눈을 똑바로 뜨라는 말은 눈을 자기로부터 해방을 시키라는 말과 같다.

당신의 시점은 매우 분명하다. 무슨 결정을 당신이 하면 그 뒷일이 아주 잘 풀린다. 족집게처럼 집는 것이 아니다. 무엇이나 정직하게 사리에 어긋나지 않게 다수의 공감과 합리적인 타당성을 바탕에 깔아 놓고 시점을 가린다. 당신이 정하고 나면 방송사에서 얼마 후에 방송하는 사례는 자주 있는 일이다.

시계 소리는 2박자로 24시간 일정한 리듬으로 돌아간다. '똑딱똑딱'이라고도 하고 '째깍째깍'이라고도 한다. 시계의 2박자는 즐거운 행진곡 박자다. 시계 소리에 잠이 들기도 하고, 무료할 때는 시계 소리가 벗이 되어 놀아 주기도 한다. 그 소리는 주인에게 소곤대는 아기 소리 같이 아주 단순하고 즐거운 리듬이다.

당신은 매사에 헤픈 구석이 없다. 그렇다고 인색하지도 않다. 인심은 후한 편이라도 헤프지는 않다. 그런데 딱 한 군데 느슨한 데가 있다. 거기가 말이다. 필요 없이 말을 많이 하지는 않는다. 그러나 필요할 때 쓰는 말에 토를 다는 꼬리가 있다. 그것만 없으면 정말 시계와 같을 텐데 그것이 유감이다.

당신은 그것이 취미가 아닌지 모르겠다. 잔소리 같지는 않다. 그런데 썩 좋은 느낌은 아니다. 문을 닫으라고 하면 될 걸, 그 뒤에 바람이 얼마나 찬지 아느냐고, 꼬리를 단다. 모든 명령, 모든 제안, 모든 주문을 할 때는, 하지 않아도 될 단서가, 자기도 모르게 달려 나온다. 물론 사람에게 그 정도의 습관은 흉이 아니다.

다시 생각해 보면 동물의 꼬리가 필요 없이 달린 것 같지는 않다. 꼬리의 하는 역할이 미미해도, 꼬리를 잘라 놓고 보면 동물이 우습다. 코끼리 꼬리에서 들쥐의 꼬리까지, 꼬리는 있는 것이 보기에 좋다.

언젠가 큰 비가 내려 논두렁에서 들쥐들이 대이동하는 광경을 구경하게 되었다. 아직도 눈을 뜨지도 못한 새끼 쥐들을 어미 쥐가 줄을 지어 데리고 피난을 가고 있었다. 자세히 지켜보니 새끼 쥐들이 어미 쥐의 꼬리를 물고 따르는데 모든 새끼 쥐가 앞에 가는 쥐꼬리를 물고 달려가고 있었다. 그것을 보니 동물에게는 마땅히 있어야 하는 것이 꼬리였다.

당신의 주문에도 꼬리가 재미있다. 어떻게 들으면 시계의 리듬과 흡사하다. 부엌에 전구가 나갔으니 좀 갈아 달라고 하면 된다. 알아듣기는 하지만 그렇게 뚝 잘린 말 보다 무슨 설명이 좀 달려야 좋을 것 같다는 생각이 든다. 말이란 필요한 사인이 아니라 살아가는 리듬이다. 시계의 소리는 필요

한 것이 아니라 즐거움이다. 벙어리 시계가 벽에 걸려 있어도 지장은 없다. 그러나 소리가 나는 시계가 더 즐거움을 준다.

시계 소리는 사람의 맥박과 같다. 소리가 나면 돌아간다는 신호다. 맥박이 뛰는 소리를 내는 것이 즐겁다. 아내의 동작이나 말소리는 가정의 리듬이고 부부의 리듬이다. 아내가 매만지는 접시 소리도 리드미컬하다.

당신이 존재하는 것과 상관된 모든 것이 즐거운 2박자다. 단순, 순박 그 자체다. 주의를 한 마디 하고, 두 마디를 덧붙인다. 서비스 차원은 아니다. 그렇게 윗사람 흉내를 내는 재미를 즐긴다.

시계는 조용한 것보다 "나는 살아 있소이다!"라고 신호를 보내는 것이 맞다. 여성은 누구나 째깍째깍 움직이는 재미가 나는 것이 정상이다. 딸을 키우다 보면 아들과 다른 점이 엄마 아빠를 아들보다 훨씬 많이 부른다.

당신도 딸이다. 그래서 소리가 나는 것이 당신답다. 계단을 오르내리면서, 운전을 하면서, 청소를 하면서, 요리를 하면서 흥얼거리는 노래 소리가 날 때 더욱 일품이다. 여성이 즐거우면 집안에 행복이 가득 찬다.

내가 미수를 지나고 88이 아닌 99가 되어도 나는 당신과 즐거운 산책은 하고 싶다. 당신과 나는 평생 아무 토론을 한 기억이 없다. 기억이 나지 않는 것은 토론을 한 적이 없다는 뜻이다. 당신과 나는 법으로 산 것이 아니다. 당신과 나는 이치로 산 것도 아니다. 서로를 위해서 살았다고 하고 싶지 않다. 다만 당신이 아니면 사는 재미가 없는 것이 살아 온 이유다.

아이들에게도, 인연이 있어서 만난 부부가 서로 생각이 맞느니 다르니 그렇게 말하는 것은 바보스럽다. 세상에는 맞는 사람도 없고 틀린 사람도 없다. 모두가 각각이다. 어떤 것이 '맞다, 아니다'라고 하는 것은 주관적인 것이다. 보는 시각의 차이고 보는 시점의 결함이다.

시각과 시점을 활용, 적용, 사용, 선용하는 작용, 술이 모든 것을 결정한다. 시간과 시점을 악용, 오용, 남용, 변용하면 아무리 좋은 사람, 좋은 조건이라도 되는 것이 없다. 성경에는 하나님이 모든 것을 지으시되 때를 따라 아름답게 하셨다고 기록 했다.

하나님이 모든 것을 지으셨다고 믿으면 되는 것이 아니다. 그것을 아름답게 되는, 아름답게 만드는 것은 때를 따르는 것에 달렸다. 그것이 관건이고 압권이다. 하나님의 만드신 원칙, 하나님이 배려하신 법칙이 시간에 있다. 잘 되지 않으면 표기하지 말고 조율하면 된다.

당신은 조율의 명수다. 무엇이 잘 되지 않으면 일단 멈춘다. 그리고 침묵한다. 그 길이는 아무도 모른다. 절대로 계산하지 않는다. 기다림으로 다음에 올 것을 기대하는 재미를 혼자서 즐긴다. 무슨 일이라도 후다닥 해치우는 법이 없다.

나는 당신의 그런 점 때문에 재미있는 인생을 살았

다. 그러니까 이런 재미있는 놀이로 『순애보』를 쓴 것이다.

시계는 시간을 알려 주는 단순한 기계가 아니다. 시계는 처음 발명되면서부터 오늘날까지 생활필수품인 동시에 귀중품 대접을 받아왔다. 시계가 대중화되어 저렴한 시계가 쏟아진 것은 그렇게 오래된 일이 아니다. 그러나 아직도 고급 시계는 명품을 대표한다. 대통령에게 선물해도 손색이 없는 고상한 명품이다.

시계는 물품의 가치 때문이 아니라 그 기능과 효과적인 용도에서 가장 고상한 대우를 받는 품목이다. 시계가 시간을 알려 주는 기능만 한다면 시계는 인간의 하인 격이다. 시계는 시간을 알려 줌으로 시제를 명백하게 한다. 인간만 과거 현재 미래를 가늠하는 존재다.

또 인간만 언어를 사용한다. 인간을 대표하는 것은 언어다. 거기에 시제가 고상한 품위를 창출한다. 말을 할 때, 글을 쓸 때, 시제가 완성도를 좌우한다. 시제가 분명하지 않으면 엉터리가 되고, 무식이 들어나고, 정신의 빈곤이 폭로된다. 시제가 시간의 가치이고 품격이다. 시계 위에 과거가 보이는 것이 아니다. 시계는 항상 현재만 알려 준다.

그 현재라는 기준부터가 과거가 드러난다. 언어든 문자든 시제가 내용을 고상하게 보다 정확하게 전달

한다. 인간의 시제는 아이(과거), 청년(현재), 어른(미래) 등으로 나눌 수도 있다. 시계의 생명은 현재에 있다. 인간도 현재가 생명이다. 현재가 없으면 과거도 미래도 없다. 현재 안에 과거 미래가 포함 되어 있다.

그 시제가 분명하여야 정상, 비정상을 가늠할 수 있다. 치매라던가 정신 질환을 앓는 사람은 그런 분화가 작동하지 않는다. 한 사람 안에 그 세 가지 시제가 공존한다. 우리나라 말에는 시제가 애매할 때가 많다. 영어를 쓰는 나라에 비하면 크게 차이가 난다. 수많은 세계 나라들 언어 중에 시제가 가장 정확한 문자를 가진 나라는 희랍이다.

희랍어는 어느 나라도 흉내 낼 수 없는 시제가 뛰어나다. 예수 그리스도는 유대인이었다. 그런데 자신을 "나는 알파와 오메가"라는 희랍어 알파벳 첫 글자와 끝 글자를 인용해 소개했다. 엄연히 자기나라 문자가 있음에도 처음과 나중이라는 자기 뜻을 이색적으로 사용한 것이다. 그리고 거기에 아무 설명도 붙이지 않았다.

예수 그리스도는 자신을 '진리'라고 했다. 진리와 가장 잘 맞는 언어와 문자가 희랍어와 희랍문자가 아닌가 싶다. 진리는 정확하다. 다른 문자로는 진리를 대변하기에 부적합할지 모른다. 희랍어 외에는 불가능하기 때문이라고 봐도 될 것 같다. 다른 문자가 가능하다면 응당 자기 나라 언어를 두고 그럴 수는 없다. 희랍어 시제는 자타가 인정하는 장점이 있다.

미국의 저명한 정신과 교수 중에 T. M 해리스라는 학자가 쓴 책이 있다. 거기에서 저자는, 한 사람 속에 C, P, A 세 가지 시제가 다른 존재로 나타난다고 설명한다. 한 사람에게 다른 존재가 들어 있다는 내용이다. 인간의 관계를 다룬 책으로 이미 출간이 오래 된 책이다. 아직도 서점에 있는지 모르겠다. 아마 도서관에 가야 볼 수 있지 않을까 싶다.

나는 전적으로 그 학설에 동의한다. 종교적인 색채는 없었다. 그분이 종교인이라는 흔적도 없고 그런 목적으로 쓴 것도 아니었다. 그런 것을 숨기고 있지도 않았다. 그런데 나 같은 목사가 반할 정도로 이론이 정확했다.

책의 내용은 예수의 제자 요한의 서신에 담겨져 있는 내용과 흡사했다. 요한은 예수에게 가장 사랑받은 제자였다. 요한의 생각 역시 자기 스승과 가장 많이 닮았다. 나는 그 요한을 평생 연구하는 낙으로 살았다. 그 요한이 쓴 글과 해리스의 학설이 닮은 점이 C, P, A 다. 그 두 사람은 2천 년의 시간적 차이를 두고 살았던 이들이다.

해리스는 한 인간의 내면에 C, P, A.가 뚜렷할수록 성숙하고 원만한 인간이라고 보았다. 그는 C = Child(아이), A = Adult(성인), P = Parents(부모)라고 썼다. 요한도 아이= C, 청년=A, 아비= P 라고 불렀다. 심리적으로 보면 사람은 누구나 그 세 가지가 적지 적소에서 적시로 나타나되 외부적 자극과 상관없이 자연스럽게 나타난다. 그런 행동의 유연성과 자연미에 따라서 그 사람의 정신적 건강과 인격적 수준을 평가

하여도 무리가 없다.

현대는 과학적 근거가 없는 것은 배격을 한다. 사람은 기쁠 때가 가장 중요하다. 기쁠 때는 C가 나타나는 것이다. 기쁠 때 동심이 작용하지 않으면 정신과에 가서 상담을 받아야 한다. C라는 동심을 잃으면 망가진 인간이나 다름없다. 그러나 C가 나타나서는 안 될 때 C가 튀어 나오면 고장이 생긴 것이다. 아이들은 유치해야 아이답다. 어른이 그러면 천박하다. 때로는 미쳤다고 욕도 먹는다. 그런데 어른이 좀 유치해도 보기가 좋을 때가 있다. 종종 어른이 유치해서 귀엽다는 소리를 들을 때도 있다. 그렇게 해도 좋을 상황을 알고 그러면 A플러스 인간이다.

우리 사회에는 C가 망가지고 소멸된 인간이 많다. 인간의 행복은 C라는 시제가 잠재되어 때에 맞게 나타날 때 사람들이 느끼는 것이다. A라던가 P는 과잉 상태라서 내가 언급하지 않아도 된다. 내 아내 당신은 C가 확실하다. 당신의 C가 나타날 때, 나도 C로 마주 한다. 가끔은 내 C가 오버해서 화를 당할 때도 있다. 일을 할 때는 A가, 교훈할 때는 P가 작용하여 원만한 인생을 살면 언제 어디서나 존경받고 사랑받고 인정받고 대접받는다.

당신의 C는 건강하다. 당신의 A는 성숙하다. 그리고 당신의 P는 원만하여 믿을 수 있어서 내가 편하다. 나는 지금 당신에게 심하게 아부를 하고 있는지 모른다. 인간은 그럴 때가 즐겁다. 나는 어렸을 때 어머니께 아첨을 많이 했던 것 같다. 그럴 때마다 야단을 치시던 어머니의 행복한 모습을 지금도 추억한다.

사람과 사람이 만날 때 어느 시제가 나타나야할지 망설이면 곤란하다. 누구와 커피를 마실 때는 C가 적합하다. 기분 좋게 마셔야 하기 때문이다. 엄숙하게 P가 나오면 어색하여 커피 맛이 감해진다. 업무상으로 만날 때 C가 나오면 비효과적이다. 업무는 미숙하게 하지 않기 때문이다. 유치하면 더욱 안 된다. 밥을 먹을 때만은 C가 적당할 것이다.

당신은 그 세 가지 균형이 나보다 정상적으로 가동하는 편이다. 그러한 시제가 살아 있으면 노화가 두렵지 않다. 사람이 늙으면 C가 소멸되는 것이 가장 슬픈 비극이다. 그래서 우울증이 생긴다. 요즘 들어 당신의 C가 매우 활발하여 나는 안심한다. 행복의 지수는 C의 빈도와 비례하기 때문이다. 시제의 혼란은 곧 정신의 장애로, 시제를 외면하면 지성이 퇴화된 것이다.

세 가지 시제의 완벽한 활동을 유지하려면 스스로 자기를 점검하는 훈련이 필요하다. 아이들도 많이 만나고, 젊은이도 자주 만나고, 노인들도 찾아다니면서 만나는 기회를 만들어야 한다. 나는 다행히 당신이라는 시제가 가까이 있어서 노인들이 우려하는 치매 같은 것은 염려 하지 않아도 될 것 같다.

시계의 얼굴을 우리말로 시판이라고 한다. 시계는 기계인데 얼굴이라는 표현은 과장된 느낌이기도 하다. 얼굴은 사람에게 쓰는 말이기 때문이다. 그렇다고 시판을 판자처럼 취급하기는 좀 삭막하다. 시계가 인간에게 끼치는 영향을 고려하면 얼굴로 불러도 상관없겠다.

시계의 얼굴은 1에서 12까지의 숫자로 장식되었

다. 그런 시계의 얼굴을 자세하게 살펴볼 필요가 있다. 열두 개의 숫자는 일정한 간격을 원형으로 유지하고 있다. 그 12와 별도로 두 개의 바늘이 그 시판 위에 떠 있다. 바늘은 거기서 우측 방향으로 돌며 시간을 알린다. 두 개의 바늘이 하는 역할은 따로 있다. 큰 바늘은 분을 가리키는 분침이라 한다. 작은 바늘은 시를 가리키는 시침이다. 둘은 방향은 같고 속도는 다르다.

절대로 서로 보조를 맞추지 않고 각자의 속도를 유지한다. 시판 위에 별도로 설치된 두 개의 바늘은 시판의 숫자를 따라가며 시간을 알려 준다. 큰 바늘은 천천히 눈에 겨우 보일 만큼 움직인다. 작은 바늘은 눈에 보이지도 않게 느리게 움직인다. 속도가 너무 느려서 보이지 않아도 어김없이 제 자리로 이동한다.

큰 바늘이 한 바퀴를 돌면 60분이다. 그런 사이에 작은 바늘은 1시간을 알리는 1에 가 있다. 큰 바늘은 그 60분을 한 바퀴 돌고 나서 다시 반복하여 돌기만 한다. 그렇게 한 바퀴씩 돌 때마다 작은 시침은 한 자리씩 앞으로 나가면서 시간을 알려준다. 그런 것이 시계가 하는 일이고 그런 것을 우리는 시간이라고 한다.

큰 바늘과 작은 바늘의 활동 비율은 12 대 1이다. 그런데 큰 바늘은 60분을 한 바퀴 돌아가서 작은 바늘을 1에서 12까지 한 자리씩 옮겨 가도록 이끌어 준다. 작은 바늘은 큰 바늘을 천천히 따라가기만 하면 된다. 마치 부부 관계와 닮았다. 그 아래, 아들과 딸 자부와 사위 그 아래 손자 손녀들 모두 열두 명이 둘러 있다.

시판의 주인공은 단연 시간을 결정짓는 작은 바늘이다. 그 작은 바늘이 아니면 시판을 아무도 읽지 못한다. 그런 의미에서 시침은 시판의 주역이다. 그 시판은 우리 집의 구조와 정확하게 일치한다. 참으로 신기하다. 거기에 가장 인상적인 것은 둘러 서 있는 1열두 자식들이다. 거기에는 위계질서가 분명하게 나타나 있다.

서열 1번은 당신의 장남이다. 2번은 장녀, 3번은 차녀, 4번은 자부, 5번은 큰사위, 6번은 작은사위다. 그 다음은 손자 손녀들의 나이 차례다. 7번은 큰손녀, 8번은 첫손자, 9번은 외손녀, 10번도 외손녀, 11번도 외손녀, 12번은 외손자이다. 나는 큰 바늘에 해당하는 아빠이고 당신은 작은 바늘에 해당하는 엄마이다.

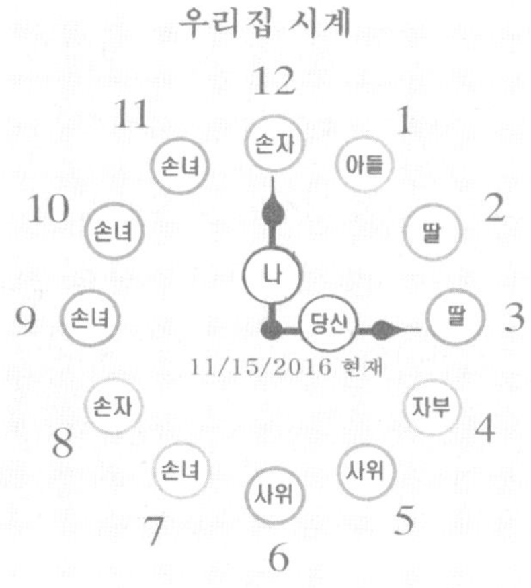

이렇게 절묘한 시판의 열두 자녀와 두 양친의 구도가 인위적으로 조작한 것같이 절묘하다. 당연히 우연의 일치라고 하겠지만 나는 그렇게 말할 수 없다. 만세 전에 그렇게 예정된 운명으로 보는 것이 우리가 믿는 신앙이다.

물론 이런 구조가 세상 모든 가정에 해당될 수는 있다. 그러나 가족 구성이 다른 이상, 각자가 해석할 몫이다. 분침인 남편이 한 바퀴 돌 때마다 자기 아내인 시침을 반드시 한번 확인하고 지나간다. 그러면 시침인 아내는 매 시간 꼭 한번 남편의 얼굴을 올려다보게 된다. 세상에 이렇게 아름답고 환상적인 금술 좋은 부부 그림은 시계가 아니면 보기 어렵다. 시계가 일러 주는 가정교훈이며 시간이 보여 주는 사랑의 그림이다. 나는 열심히 돌아가면서 당신을 이끌어 주고 당신은 조용하게 한 번씩 남편을 바라보며 응원을 보낸다. 당신은 시계이고 시간이다.

시간은 시판 위에 세상 역사를 낱낱이 기록한다. 이 세상이 돌아가는 이치가 시계 돌아가는 이치와 흡사하다. 시계가 돌아가는 것과 부모와 자식이 행복하게 살아가는 가정도 그러하다. 당신의 3남매 집에는 집집마다 의사가 한 명씩 있다. 그런 것도 계획한 것은 아니다. 아들 집에는 여자 의사가 있고, 딸들의 집에는 남자 의사가 있다. 세 집의 가족 구성은 아들 집 4, 큰딸 집

3, 막내딸 집 5이다. 가족 숫자와 상관없이 가정 단위로 의사가 한 명씩 있는 것은 참 공평하고 이상적이다. 시계는 조작해서 돌아가는 기계가 아니다. 인생도 그렇다. 부모가 조작할 수도 없거니와 자식들이 조율하는 것도 아니다. 생긴 대로 사는 것이 가정이고 시계다.

내가 열심히 뛰어다녀 봤자 큰 바늘같이 작은 바늘을 돕는 것에 불과하다. 그것은 결코 부인하지 못할 사실이다. 그래도 한 가지 다행스러운 것은 시판에서 가장 잘 보이는 큰 존재가 분침이라는 것이다. 시침이 시간을 아무리 잘 알려 주어도 큰 바늘이 분을 밝혀 주지 않으면 시간은 바보가 된다.

시간과 시간 사이를 가늠하여 주고, 시간을 시간답게 하는 역할은 분침의 몫이다. 그런 분침이 파트너가 되어 조연을 해 줌으로 시계는 시간이라는 명분을 가지고 세계 역사 인류의 스승처럼 군왕처럼 군림한다. 집에서도 엄마를 엄마답게 만드는 것은 아빠 몫이다. '12(자식)+2(부모)=시판'의 구조와 우리 가정의 구조가 어쩌면 이렇게도 절묘한 얼굴을 그려주는지 알 수가 없다. 내 상상력이 지나쳐서 망상이라 해도 내가 감당해야 할 몫이다.

시계도, 가정도 독보적 존재는 없다. 그것까지 절묘하게 일치한다. 시계가 하나로 움직이듯이, 가정도 구성원 하나하나 모두가 함께 한다. 높고 낮은 것이 없고, 귀하고 천한 것이 없다. 모두 모두 소중하다. 열두 시가 여섯 시의 배가 아니다. 각자 그 가치를 가지고 함께 가는 것이다. 그 절묘한 구조에 걸맞게 살고 싶다.

어떤 집도 제각기 맞춰볼 만한 여지는 있다. 그러나 우리 집만 특별한 것은 아니다. 우리가 이렇게 맞추려고 노력해서 된 것도 아니다. 나도 여태까지는 그런 줄 몰랐다. 당신을 생각하고 『순애보』를 쓰다가 알게 된 것 뿐이다. 그런 구도로 시판을 한 번 만들어 보고 싶다.

혹자는 이런 것까지 뒤적거린다고 나를 우습게 볼

지도 모르겠다. 그러나 마누라 자랑하는 팔푼이가 되는 것도 상관없다. 어쩌다가 생긴 우연의 일치를 지나치게 확대시킨다고 해도 맞는 말이다. 통계적으로는 비슷한 가족 구성이 얼마든지 있을 것 같다. 그렇다면 열두 자녀 동우회라도 만들고 싶다. 그들도 나처럼 이런 놀이를 즐기면 좋겠다. 나만 이런 걸 독점하기는 싫다.

시계 안에 있는 숫자 1-12는 절대 독립된 자주권이 있다. 누가 누굴 명령할 수도 없거니와 누가 누구에게 지배당할 필요도 없다. 높고 낮음도, 길고 짧은 것도, 무겁고 가벼운 것도 없이 똑같은 것이 시계와 가정이 흡사하다. 그 중에 하나가 잘못 되어도 안 되는 것까지 일치한다. 제발 시계의 교훈처럼 하나라도 부족없이 모두가 행복하기 바란다.

내가 싫어하는 말이 두 가지 있다. 하나는 호언장담이고, 다른 하나는 자화자찬이다. 남성들이 가장 빠지기 쉬운 함정이다. 내가 이 글을 쓸까 말까 고민을 하다가 손을 대기로 결심하고, 쓰다 보니 쓰지 않았더라면 후회했을 것 같다는 생각을 한다. 모름지기 사람은 자기 가정을 사랑하고 그 명예를 지킬 책임이 있어서다.

그래서 용기를 내어 『순애보』라는 제목을 쑥스럽게 생각하지 않기로 했다. 무엇이나 좋은 것은 같이 나누고 사는 방법을 함께 공부하고 싶다. 당신과 나의 자손이 열둘인데 그런 집이 얼마든지 있을 것 같아서 함께 축하하고 싶은 마음이다. 12라는 숫자는 행운의 상징이라 믿는다. 시계를 제쳐 놓아도 12는 좋은 느낌의 숫자이다. 낮과 밤, 해와 달과 세월을 상징하는 숫자이다. 어떻게 보면 가장 평범한 숫자이다. 평범한 것은 평탄한 느낌이 강하다. 그런 의미에서 인간과 12는 특별한 관계이기도 하다.

당신은 정말 평범하다. 그런데 어느 누구에게나 친근하게 접근한다. 시계가 주는 12는 그 중에 하나라도 무의미한 숫자가 없다. 한국사람 중에는 12간지를 모르는 사람이 없다. 자기가 태어난 그 해 동물을 평생

기억하고 산다. 나도 어렵사리 익혀 놓은 기억을 80이 넘어도 지워지지 않고 남아 있다. 자(子), 축(丑), 인(寅), 묘(卯), 진(辰), 사(巳), 오(午), 미(未), 신(申), 유(酉), 술(戌), 해(亥) . 그 중에 당신은 토끼다. 당신과 썩 잘 어울린다.

항간에는 여자를 폄하하여 자주 쓰는 말에 여우와 곰을 빗댄다. 상냥하면 예쁜 여성은 여우같다고 하고, 미운 여성은 미련한 곰같다고 한다. 그런데 나는 하나 더 추가하고 싶다. 토끼같은 여성이 제일 좋을 듯싶다. 토끼는 강아지처럼 꼬리를 칠 줄 모른다. 꼬리가 짧아서도 아니다. 토끼는 풀밖에 먹지 않는 순한 초식 동물이다. 사람은 육식 동물이다. 무엇이나 닥치는 대로 잡아먹는 식성이 잔인하다. 굼벵이 귀뚜라미까지도 잡아먹는 잡식성이다. 그런 게걸스러운 식성을 애교로 봐줘도 상관없다. 그런데 사람은 같은 사람도 서로 잡아먹으려고 아옹거린다. 나라를 다스린다는 국회를 봐도 서로 잡아먹으려고 혈안이다.

토끼는 아무 것도 잡아먹지 않는다. 토끼는 식성도 깨끗하고, 출산율도 뛰어나다. 잘난 척도 할 줄 모르고 바보처럼 순하고 착하다. 당신이 그런 토끼의 띠라서 좋다. 그래서 나도 당신도 그 12를 고랑으로 갈아서 싱싱한 행복의 씨를 뿌리며 깨끗한 식성으로 살고 싶다. 아무리 힘겨워도 조금씩 노력하며 죽기까지 배우면서 살고 싶다.

시계는 끝없이 움직이는 동물 같다. 시간은 그 동물의 호흡과 흡사하다. 하지만 생물학적 동물은 잠자는 시간이 있는 데 반해 시계가 잠을 자면 그건 고장이다. 시계는 맴돌기만 하는 멍청한 기계는 아니다. 한 순간도 멈추지 않고 전진한다.

인간이 시계를 흉내 낼 수 없는 것이 있다. 아니 인간뿐 아니라 모든 기계가 흉내 내지 못하는 것이 있다.

그런 의미에서 보면 시계보다 더 가상한 물건은 이 세상에 존재하지 않는다고 해도 된다. 내가 시계를 너무 과장하는 것인지 모른다. 그러나 누구나 시계에 생각해 보면 나와 같은 결론에 으를 것이다. 시계는 다른 기계들과 달리 쉬는 시간이 절대 없다.

모든 사람은 쉬는 시간이 엄격하다. 사람은 매일 밤이 쉬는 시간이다. 날마다 쉬면서 살고 있는 것이 인간이다. 어떤 기계라도 쉬는 시간이 있다. 모든 동물도 마찬가지다. 그런데 오직 시계만은 쉬지 않고 앞으로 또박 또박 전진한다. 그러면서 한 시기씩 만들어 준다. 그 시기가 인간의 삶을 장식하고 행복하게 한다.

사람에게 나이가 있듯이 시계도 나이가 있다. 나무도 나이가 나무 값을 하듯이 시계도 시기가 시간의 값이다. 시계는 인간에게 시기를 제공하려고 태어났다. 시계는 매일 매시 새로운 시간으로 진행한다. 시계의 수명은 시기가 종료될 때이다. 그러므로 시계가 살아 있는 동안 시기는 계속된다. 그리고 시계는 늙지 않는

다. 늘 청춘이다.

아기의 발육이 인간의 최초 시기라는 것을 의심하는 사람은 없다. 인간의 시기는 눈에 보이게 성장하는 시기가 있다. 그런 시기가 지나도 진도는 계속 된다. 그 진도가 멈추면 사망으로 간주된다. 일반 기계는 늙으면 성능이 달라진다. 속도가 현저하게 떨어진다. 그러나 시계는 아무리 늙어도 일 분 일 초도 달라지지 않는다.

그런 시계가 만드는 시간으로 멋있고 값진 시기를 창출한다. 샘에서 솟아나는 담수를 그릇에 담아서 식수로 마시는 것과 같다. 흘러가는 시간을 그대로 쓰는 것이 시간의 의미가 아니다. 그 시간으로 무엇을 하는 시기를 만들었는가를 알아야 한다. 그것을 가장 효과적으로 활용하는 기술이 음악이다.

음악은 시기를 최대한으로 활용하는 작업이다. 시기를 발전, 변화, 감격, 성숙, 승화, 절정, 광란 끝도 없이 많은 자극을 제공한다. 그것이 인간이다. 음악은 시기마다 느낌이 다르다. 그 말은 음악이 다양하고 풍족하다는 뜻이다. 음악의 기교와 변화는 인간만이 창작할 수 있다. 그렇듯 인간은 가히 상상하기 어려운 존재이다.

어제도 거기, 그제도 거기, 오늘도 거기 그 자리에 고정되어 있다면, 그 인간은 인간의 자격을 상실한 자이다. 내가 『순애보』를 쓰는 이유는 시기의 선동 때문인데, 내 아내가 되어 준 당신의 끝없는 진도 때문이기도 하다. 어제 그제의 당신과 오늘의 당신은 많은 차이가 있다. 내가 그런 걸 느끼면서 나도 모르게 나 자신의 달라지고 있는 모습에 놀라기도 한다.

시계는 확실하게 새로운 시간을 돌고 있다. 신선한 시간을 끌어와서 내게 준다. 어제 돌았던 그 자리 같아도 어제 것은 이미 지나갔다. 오늘은 오늘의 시기이다. 사람은 퇴화하는 것이 아니다. 나는 근육 피부가 옛날 같지 않아도 퇴화라고 생각하지 않는다. 그런 변화와

더불어 발생하는 한 없이 높고 깊은 세계를 늙고 쇠한 듯한 그 몸으로 날마다 시간마다 체험하며 즐긴다.

그런 시기는 멈추려야 멈춰지지 않는 자연 법칙이다. 그런 시기에 관하여 감각이 없는 사람은 잠을 자는 중일 것이다. 많은 사람들이 중년을 지나면서 잠을 즐긴다. 그건 그 사람의 자유다. 잠을 잘 때는 모든 것을 포기한다. 그러나 시기의 리듬을 포기하면 아무 것도 발전하지 않는다. 나는 그나마 당신의 시기에 내 보조를 맞출 수 있어 감사하다.

당신은 나의 아내로서, 나는 당신의 남편으로서, 서로 간에 역할이 생소할 만큼 다르게 작용하는 시기가 있다. 남녀의 하는 일이 다르기 때문이다. 여성은 남성의 빈자리에 뭣이든지 채워 주면 된다. 그 채워 주는 것이 가시적인 것이 아닐 수도 있다. 보이지도 않게 빈 곳을 찾고 적당하게 채워 주는 일은 남성 자신보다 여성이 더 잘 안다.

남성은 여성의 빈 곳을 채워 주지 못한다. 남성은 여성의 빈 곳을 찾아낼 줄도 모른다. 남성이 여성에게 해 줘야 할 일은 여성의 마음을 알아주는 것이다. 여성의 마음을 읽을 수 있는 남성은 그 여성을 소유할 수 있는 자격이 있다. 자기 아내는 자기 남편이 가장 잘 아는 사람이다. 그러기에 그 역할을 잘 해야 된다.

여성의 마음을 들여다 볼 수는 없다. 마음은 그렇게 읽는 것이 아니다. 남성이 여성의 취향, 감정, 식성 등을 관심을 가지고 보는 것이 마음을 읽는 것이다. 거기에 모든 것이 나타나 있다. 관심 없이 건성으로 보기 때문에 아무 것도 모르는 것이다. 여성은 자기를 얼마나 알아주는 남성인지, 그런 것이 확인될 때, 그 남성을 신뢰하고, 존경하고, 죽도록 사랑한다.

남성이 자기 것만 열심히 챙기면서 여성을 알아주지 않고 몰라줄 때 남자를 보기만 해도 짜증나 한다. 곁에 있는 것조차 싫어한다. 이런 소리를 하는 나도 그런 방면에 경험자다. 나도 그런 판독을 못하고 죽을 쑬

때가 많았다. 그렇다는 걸 알고 있기 때문에 오판을 예방할 수 있다는 점에서 다른 남자들과 조금 다르다.

@설옥자

그래서 처방을 연구하는 것이다. 여성은 자기를 알아준다면 모든 것을 쉽게 풀어 버린다. 알아줘야 될 것이 뭔지 모르는 남편은 공부를 좀 더 하던가, 그러기도 싫으면 사표를 준비해야 될 것이다. 여성은 그들의 일상생활에서 읽을 것이 많아도 너무 많다. 그런데 그것을 놀라주면 여성은 자기가 무시당한 줄 여기게 된다.

조금 과민한 여성은 그럴 때 자기 남편이 딴 생각을

한다고 속을 뒤집는다. 남성에게도 빈 데가 많지만 여성보다는 월등하게 적다. 남성은 주로 생각이 비던가, 정서가 비던가, 주머니가 빌 때다. 나의 경우는 생각이 빌 때가 많다. 눈치가 바닥이 날 때도 흔하다. 그럴 때마다 당신의 적당한 조력이 나를 감동시킨다.

반드시 그런 좋은 처방만 있는 것은 아니다. 난데없는 벼락을 맞아서 기겁도 한다. 당신은 그렇게 하고도 태연하다. 그런 다음에 또 다른 처방으로 금방 수습한다. 당신은 또 음식 만들기에서부터 자식들 길들이기, 친구 다루기, 남편 꼬집기, 모두 기발하게 처리한다.

당신에게는 낡은 방식이 없다. 새로운 방식으로 인간관계를 부드럽게 개선한다. 그런 시기는 또 다른 발전을 가져다준다. 그런 것이 노인의 성숙한 지혜일 것이다. 하나님은 모든 인류 중에서 아브라함이라는 한 인간을 선택하셨다. 그 한 사람과 계약을 맺으셨다. 그 계약을 이루는 1차 시기가 그 사람의 나이가 100살이 될 때였다. 그 시기를 기다렸다가 그때에 찾아 가서 계

약을 실현하셨다.

하나님이 기대하는 인간은 철이 제대로 든 '노인'이다. 힘센 청년도 아니고, 아름다운 여성도 아니다. 인간의 시기를 가장 효과적으로 잡을 줄 아는 성숙한 노인인 것이다. 하나님이 가장 한심하게 생각하는 인간은 나이 값을 못하는 노인이다. 성경에 나타난 인류 역사의 주인공 3인 노아, 아브라함, 모세 모두 고령의 노인이었다.

노인을 무시하는 사회는 미래가 어둡다. 노인이 무능한 사회는 오늘이 문란하다. 노인이 깨어 있는 사회는 장족의 발전을 기대해도 좋다. 그것이 신의 뜻이다. 시기를 가장 많이 확보하고 있는 것은 노인이다. 노인의 머릿속에, 노인의 서재 안에, 노인의 안주머니 속에 잠재된 저력을 찾는 국가가 미래를 주도하게 된다.

시간은 시기를 제조한다. 그 기술자는 인간이다. 운동 경기가 월드컵 시대이다. 세계에서 제일가는 실력을 발휘하는 데 공식이 있다. 어떤 경기든지 열심히 연습하고 훈련해서, 맞붙어서 판을 가른다고 생각하면, 절대로 이길 가능성이 없다. 우선 경기할 상대편을 알아야 한다. 그것이 단순하지 않다. 많이 알수록 좋다.

나는 운동 경기와 거리가 멀다. 한 번도 경기장에서 뛰어본 적이 없다. 그러나 운동 경기를 관람하는 것을 무척 좋아한다. 그래서 주워들은 상식만으로도 할 말이 많다. 우선 상대방 전술을 알아야 한다. 1차 시기에는 정보 수집이 중요하다. 그 다음부터 분석하고 비교하고 결정적인 장단점을 파악하는 것이다.

그런 여러 가지 시기를 무시하고 건너뛰면 현장에 나가서 비참하게 깨어지고 박살이 난다. 내 친구 중에 모 구단의 감독이 있다. 그의 이름은 전 국민이 알고 있는 명감독이다. 명감독은 승률이 결정한다. 그 친구는 고교 야구 전성기부터 명감독이었다. 나는 운동하고는 아무 것도 엮인 것이 없는 발바닥이다. 그런데 그 친구가 나를 꼭 찾을 때가 있다. 그 때는 경기가 잘 풀

리지 않을 때다.

내가 전문적인 지식이 전혀 없는데도 나와 밥을 먹고 이야기하는 시간을 즐긴다. 나는 그에게 아무런 도움도 주지 못한다. 그런데 그 친구는 그런 시간을 나한테서만 얻는 고귀한 시간이라고 말한다. 사람마다 자기만 알고 있는 요긴한 시기가 있는 것이다.

그런 시기를 만들 줄 알면 명인이 된다. 의상실에 가면 옷감을 고객이 요구하는 대로 디자인하고 재단을 해서 옷을 만든다. 시간은 그 옷감 같은 것이다. 디자인과 재단을 해서 바느질을 한다. 시간을 디자인해서 시기를 만들어야, 자기 시간이 되는 것이다.

시기론으로 나의 『순애보』를 마감한다. 앞에서는 예를 많이 들었다. 그래서 마지막은 이야기 없이 마무리하고 싶다. 무엇이 되었든 시기를 놓치면 모든 일이 실패로 결론난다. 수도꼭지를 틀면 물이 쏟아진다. 입을 갖다 댈 것인가 컵을 갖다 댈 것인가, 그것쯤은 알고 있다.

일단 시기는 시작이 압권이다. 시작만 되면 진행은 저절로 된다. 그것으로 이렇게 저렇게 몰고가다보면 흥미가 생기고 반응도 일어난다. 거기서 끝을 내도 된다. 1차 시기만 만들어지면 다음 시기가 생각나게 되어 있다. 인간에게 그런 감각은 선천적 기능이다. 다행히 내 아내 설옥자 당신은 시기를 놓치지 않고 알뜰히 챙긴다. 한꺼번에 대박을 꿈꾸는 욕심으로는 되는 것이 없다. 한 걸음 한 걸음씩 시계처럼 진도를 지킬 줄 알아야 된다.

우리 집은 아이들이 학교 다닐 때 정규 수업 말고도 배울 것은 배우도록 개방했다. 배우는 것은 시기가 있다. 그리고 기회를 놓치지 않고 다 가르치려고 했다. 미국에서는 당신이 아르바이트를 열심히 해서 그 뒷바라지를 했다. 지금도 당신의 시기 관리는 내가 배우고 따라간다.

당신은 초등학교 때 육상 선수였다. 자기 지방 대표로 종합 경기장에도 출전한 것을 안다. 당신이 다분히 운동 신경이 나보다 월등하다는 것을 느끼고 있다. 남은 세월도, 시기는 변함없이 고객을 기다린다. 늙었다고 대충 사는 사람은 엄청난 손해를 자초한다. 늙었어도, 생각이 늙거나 감정이 쇠하는 것은 아니다.

그런 의미에서 나는 80이 넘은 나이에 『순애보』를 쓰고 있다. 누구라도 자기 아내가 처녀 때보다 차이가 있는 것은 사실이지만 다른 사람이 된 것은 아니다. 아무리 늙었다 해도 여성은 그대로 있다. 자세히 뜯어보면 처녀 때보다 크게 변한 것도 아니다. 내가 쓴 『순애보』가 모든 여성들에게 위로가 되었으면 좋겠다.

당신은 시기가 유연하게 전환 된다. 별로 서둘지 않는 자연미가 시계를 많이 닮았다. 일 년 내내 이런 저런 선물을 하는 것이 당신의 취미다. 그 대상도 다양하다. 가족들에게는 한 가지로 통일하는 편이다. 교우들, 노인들, 동역자들, 직원들, 노무자들, 닥치는 사람마다 뭣이든 주고 싶어 한다. 때로는 날더러 자기를 좀 말려 달라고 할 때도 있다. 자신도 그런 줄 알기는 아는 모양이다. 그것이 당신의 건강한 시기 개념이다. 당신은 크리스마스가 겨울에 있는 것이 아닌 것 같다. 여름에도 크리스마스 선물을 사러 다닌다. 심지어 봄에도 그런다.

55년간 내 설교를 듣고 살면서 아직도 간섭한다. 나도 사람인데 당신의 잔소리가 좋아서 듣는 것은 아니다. 다만 그런 저력이 당신의 시기가 순조롭게 진행되기 때문이다. 언제 쯤 내 설교가 끝날지, 차라리 잔소리 더 오래 듣는 것도 나쁘지 않은 것이 사실이다. 달콤한 것은 금방 싫증난다. 은근한 것은 제법 오래간다. 그런데 씁쓸한 커피는 언제까지 갈 지 미지수다.

당신은 커피 수준이라 한참은 더 사랑이 가는데 까지 가게 될 것이다.

– 끝 –

후 기

혹시 남성들 중에서 이글을 읽을까 봐 고민이 된다. 몹시 나를 욕하고 싶을 것 같다. 시계 같은 여자는 사람 잡는다고 말하고 싶을 것이다. 물론 틀린 말이 아니다. 시계같이 갑갑하고 융통성 없고 따분하여 숨이 막힐 것이다. 나도 남자인데 그런 걸 모를 리가 없다.

그렇다고 감히 시계와 싸워서 이길 자신이 있는지

묻고 싶다. 이기지도 못할 바에는 싸우지 않는 것이 훨씬 좋다. 내 아내라고 하늘에서 떨어지지 않았다. 그래도 여자는 없는 것보다 있는 것이 열 번 낫다. 싸우기보다 달래는 것이 백 배 좋은 일이다. 자고로 여자와 싸워서 덕을 본 남자는 없다고 들었다.

남자가 여자와 싸우면 남자가 지게 되어 있다. 어른과 아이가 싸우면 아이가 이기는 이치와 비슷하다. 세상은 싸워서 이기는 것보다 싸우지 않고 이기는 전법도 있다. 싸워서 이겨도 득실을 계산하면 남는 것이 별로 없다. 그런데 싸우지 않고 이기면 득이 실보다 월등하다. 남성과 여성은 싸울 상대가 아니다.

나에게 악담을 하기보다 처세를 한 수 배우는 것도 나쁘지는 않을 것이다. 기왕 이 책을 읽고 있다면 그렇게 한번 해 보기를 권한다. 세상 모든 남성들에게 한 가지 가르쳐 주고 싶은 것이 있다. 그것은 남성의 자존심이다. 우주 만상 중에 여자가 가장 기묘한 조물주의 작품인 것만은 인정하는 것이 남자답다.

내가 여성 전문가는 아니다. 다만 확신하고 있는 여성은 창세기에 나오는 여성이다. 거기에서 보면 가장 잘 보인다. 거기밖에는 여자의 존재를 알 방법이 없다. 거기에 여자가 처음 등장한다. 여자가 처음 눈을 떴을 때는 이미 남자가 앞에 있었다. 여자는 아무 것도 아는 것이 없을 때다. 그런데 남자는 사물을 훤하게 알고 있었다.

남자가 동물들을 보고 그들의 이름을 지을 쯤 되었을 때 여자를 만난다. 그때 남자가 여자를 보고 감탄사를 읊으면서 그녀를 품는다. 그런 기록이 인류 역사에 가장 오래 된 인간의 기원이다. 창조론을 강의하는 것이 아니다.

모든 동물은 한 쌍으로 동시에 만들었다. 사람은 남자를 먼저 만들고 한참 지나서 여자를 만들어서 남자에게 맡겼다. 아무 설명도 없다. 그러니 남자는 여자를 잘 모른다. 살아가면서 풀어야 할 여자의 비밀이 너무 많다.

여자는 볼수록 아리송하기 그지없다. 그래도 겪으면 겪을수록 다양한 속성이 나타난다. 때로는 기묘하고 더러는 혼란스럽다. 썩 기분 좋은 물건인 것은 부인하기 어렵다. 그런 걸작을 만든 목적이 남자를 위한 것임을 알아두라는 것이다. 거기서부터 여자를 이해하고 해석하는 지혜를 찾게 될 것이다.

인간은 조물주를 알 수 없다. 알아도 저마다 자기 방식으로 안다. 대다수가 선한 분이라고 한다. 그런 건 모르는 소리다. 선하다는 말은 수박 껍데기다. 인간의 머리로는 그렇게밖에 쓰지 못한다. 무엇을 보든지 그 뜻을 알아야 된다.

피조물 중에 제일 마지막 작품이 여자라는 것을 알면 의미를 알게 된다. 여자로 태어난 것도 남자로 태어난 것도 손해는 아니다. 남자가 여자보다 잘난 것도 없고 여자가 남자보다 못난 것도 없다. 각각 자기 멋은 확실히 있다.

세상에는 시계와 갈등하는 바보가 없다. 그러면 자기만 손해다. 하물며 여자와 갈등하면 상처만 남는다. 위대한 남성은 여인을 다스리는 능력이 있다. 아름다운 여성은 남성과 조화를 이루는 재능이 있다. 그 모든 것은 개인의 자유다. 강요하면 할수록 부작용이 커진다. 그런 자유의 남용으로 악순환이 생긴다.

그 자유를 효과적으로 조율하는 것이 남자의 자격이고 여자의 교양이다. 그 자유를 망각하면 후회한다. 어차피 남자로 났으니 여자를 다듬어서, 방치하기보다 지키려고 노력하면 된다. 내가 『순애보』를 쓰는 것은 이유 있는 봉사이다. 이 우주 안에는 여성만한 명품이 없다. 단지 그 명품은 남자가 하기에 달렸다.

명품답게 빛이 나게 할 수도 있고 폐품처럼 처리할 수도 있다. 그렇다고 믿으면 쉽고, 믿지 않아도 그만이다. 그런 것도 개인의 자유인 것을, 난들 어이할 방도는 없다. 한번 사는 시간이 촉박하다는 것은 잊지 않기를 바란다.